맥베스

나남
nanam

나남 셰익스피어 선집 **⑤**

맥베스

2015년 12월 1일 발행
2015년 12월 1일 1쇄

지은이_ 윌리엄 셰익스피어
옮긴이_ 李誠一
발행자_ 趙相浩
발행처_ (주) 나남
주소_ 413-120 경기도 파주시 회동길 193
전화_ (031) 955-4601 (代)
FAX_ (031) 955-4555
등록_ 제 1-71호(1979. 5. 12)
홈페이지_ www.nanam.net
전자우편_ post@nanam.net

ISBN 978-89-300-1905-7
ISBN 978-89-300-1900-2 (세트)
책값은 뒤표지에 있습니다.

나남 셰익스피어 선집 5

맥베스

윌리엄 셰익스피어 지음 | 이성일 옮김

Macbeth

by

William Shakespeare

nanam

故 오화섭(吳華燮, 1916~1979) 교수님께

셰익스피어의 작품 번역에 임하며

가끔 셰익스피어의 작품들을 우리말로 무대에 올리곤 한다. 공연이 있을 때마다 내가 의아하게 생각하는 점이 하나 있었다. 그것은 공연을 홍보하는 리플릿이나 프로그램에 번역자의 이름이 나타나는 경우가 거의 없다는 사실이다. 누구의 번역을 가지고 공연에 임하는지 확실히 밝히지 않는 처사를 보고, 처음에는 나름대로 공연의 윤리적 측면에 대해 의구심을 가졌다. 그러나 나는 곧 그 이유를 알게 되었다. 한 편의 연극을 무대에 올리고자 하는 연출자는 극의 대사가 얼마나 무대 위에서 극적 효과를 살려낼 수 있으며, 또 과연 배우들이 정해진 극 진행 속도에 맞추어 대사를 효과적으로 전달할 수 있느냐를 고려하지 않을 수 없다. 번역되어 이미 활자화된 텍스트를 읽으며, 연출자들은 그네들이 목표로 하는 무대 공연의 효과를 위해 어쩔 수 없이 텍스트를 손질하여 공연에 임하게 되므로, 실상 번역자가 누구라고 밝히는 것 자체가 어려운 일이 되고 만다.

이는 무엇을 의미하는가? 연극에 있어서 공연대본 제공자(번역극에서는 번역자)와 연출자 사이의 관계를 생각할 때, 작곡자와 연주자 사이의 관계를 대입하여 보면, 문제는 쉽게 정리된다. 악보대로 연주할 책임이 부과된 연주자가 악보의 여기저기를 바꾸어가며 곡을 들려줄 때, 그것을 바람직한 연주라고 할 수 있을까? 아무리 연출자의 의도가 중요한 것이라 해도, 주어진 작품의 변형을 시도하는 것은 바람직하지 않다. 극문학의 생명은 무대 위에 선 배우들이 들려주는 대사인데, 그것이 연출자의 생각대로 변형, 축소, 압축, 또는 개조된다면, 그 공연은 이미 셰익스피어의 작품 공연이 아니다. 한 작품의 줄거리만을 살려 무대 위에 형상화했을 때, 그것을 셰익스피어의 작품 공연이라고 부를 수는 없다. 셰익스피어는 많은 경우에 이미 잘 알려져 있는 이야기를 소재로 하여 작품을 썼기 때문에, 같은 '스토리'가 무대 위에서 전개된다고 해서 그것을 셰익스피어의 작품 공연이라고 부를 수는 없다. 셰익스피어 극문학의 본질은 그가 써 놓은 행들에서 그 에센스를 찾아야 한다. 가장 이상적인 공연은 셰익스피어가 쓴 원전 텍스트를 그대로 무대 위에 재현하는 것임에 틀림없다. 따라서 번역된 텍스트가 셰익스피어가 써 놓은 영문 텍스트를 반향하는 것이 아닐 경우, 우리는 그 공연을 셰익스피어의 작품 공연이라고 불러서는 안 된다.

셰익스피어의 극작품들은 무대 공연을 위한 대본을 제공하려는 그의 노력이 낳은 결과물이라는 사실을 우리는 결코 잊어서는 안 된다. 셰익스피어의 작품들이, 몇 군데 특수 효과를 위해 산문으로 쓴 부분들을 제외하고는, 거의 다 'blank verse'[약강오보격무운시(弱强五步格無韻詩)]의 형태로 쓰인 데에는 이유가 있다. 영어에서 가장 자연스러운 무대발화(舞臺發話)는 — 시의 경우와 마찬가지로 — 약강오보격이다. 그리고 작가가 특별한 의도를 가지고 시도하지 않는 한, 각운 (脚韻)은 자연스런 일상 대화에서는 쉽게 나타나는 현상이 아니다. 무대에서 가장 자연스럽게 들리고 또 배우들이 편안한 호흡으로 대사를 들려주는 데에는 'blank verse'처럼 좋은 것이 또 없다. 셰익스피어가 인위적으로 만들어낸 시형(詩形)이 아니라 자연스레 나타난 대사 발화의 형태가 'blank verse'인 것이다. 그렇다면, 번역에서도 원작이 갖는 말의 음악이 되울림하여 들려야 할 것이다. 작품에 담겨 있는 철학적 내용이나 작품 형성의 테크닉과 같은 문제를 떠나, 우선 셰익스피어

문학의 탁월성은 그가 들려주는 '말의 음악'에서 찾아야 할 것이다.

셰익스피어의 작품 번역에서 가장 중요한 것은 두 가지 요소이다. 원작자가 시도한 것이 청중이 쉽게 따라갈 수 있는 평이한 일상적인 대화에 가까운 대사를 제공하려는 것이었으므로, 번역문도 무대에서 배우들이 편안한 호흡으로 들려주고 청중들이 쉽게 따라갈 수 있는 대사여야 한다는 것이 그 하나이다. 또 하나는 셰익스피어가 쓴 시행들을 반향하는 번역 — 우리말로 치환된 셰익스피어의 시행들 — 을 만들어내야 한다는 것이다. 셰익스피어의 'blank verse'를 우리말로 전환하는 것이 아예 불가능한 일이라고 생각하고 산문으로 번역한 분들도 있었다. 산문 번역이 반드시 나쁜 것은 아니지만, 종래의 산문 번역에서 감지되는 것은 원문의 의미를 설명하는 '뜻풀이'의 성격을 띤 번역으로 나타난 경우가 더러 있었기 때문에, 무대 공연에 있어 필수적으로 요구되는 극적 긴장감과 대사의 간결함을 결한 경우가 없지 않았다는 사실이다.

나의 번역은 산문 번역도 아니고 운문 번역도 아니다. 다만, 나는 셰익스피어의 시행들을 그 리듬에 있어 근접하는 행들로 번역하였다. 우리말에서 각운은 있지도 않거니와 필요치도 않다. 어찌 보면 우리말은 오히려 두운(頭韻)을 지향하는 속성을 지닌다. 그러나, 그렇다고 해서 두운이란 것이 의도적으로 시도한다고 해서 나오는 것도 아니다. 우리말이 갖는 속성을 따라 자연스럽게 두운이 나타나는 것은 조금도 이상할 것이 없다. 문제는 약강오보격으로 진행되는 'decasyllabic'(10음절의) 행을 어떻게 평이한 우리말로 옮기느냐이다. 그런데 이 문제도 어떤 의도적 노력을 필요로 하는 사안이 아니라는 사실을 번역하는 중에 깨닫게 되었다. 원작의 시행이 갖는 리듬을 우리말에서 살려내되, 행이 너무 길어지지 않도록 하고, 리듬 면에서 상응하면 되는 것이다. 번역에 있어 번역자가 행들을 '만들어낸다'고 생각하면 안 된다는 것이 나의 소신이다. 행을 만들어내는 주체는 번역자가 아니라, 원작의 시행들이다. 원작의 시행들을 읽을 때 번역자로 하여금 그에 상응하는 우리말 행들을 적어나가도록 만들어 주는 것은, 번역자의 의식이 아니라 원전이 갖는 말의 마력인 것이다.

나는 셰익스피어 번역에 임하면서 원작의 시행 전개를 그대로 내 번역에 투영시키고 싶었다. 그런 연유로 셰익스피어가 썼던 그대로의 시행 전개를 번역에서도 시도하였다. 이를테면, 원작에서 행이 바뀌면 나의 번역에서도 행이 바뀐다. 물론, 말의 구조와 문법체계가 다르기 때문에 다소간의 변형은 불가피한 일이다. 나타난 결과는 원작에서 한 장면이 갖는 행수와 내 번역에서의 행수가 거의 일치한다는 것이다. 다시금 강조하거니와, 셰익스피어가 작품 활동을 한 유일한 목적은 공연 일정에 맞추어 연극 대본을 제공하는 것이었다. 학자들로 하여금 '연구'를 할 자료를 주려는 것이 아니라, 배우들의 입에 쉽게 오를 수 있고 청중이 듣고 즐길 수 있는 대사를 마련하려는 것이었다. 그렇다면 셰익스피어의 우리말 번역도 무대 위에서 대사를 들려주는 배우들이 편안한 호흡으로 객석을 향해 전해 줄 수 있는 공연 대본을 염두에 둔 것이라야 할 것이다. 배우들의 자연스런 호흡과 일치하고, 무대 위에서의 몸의 동작과 동떨어지지 않는 압축된, 그러나 관객이 편안하게 따라가며 즐길 수 있는 공연 대사, 그것을 제공하는 것이 셰익스피어 작품의 우리말 번역이 지향하여야 할 목표라고 나는 생각한다.

오랜 세월 해묵은 숙제처럼 마음에 두기만 하고 지내오다가, 정년퇴임을 하고 나서야 비로소 실행에 옮김에 때를 맞추어, 셰익스피어 극문학 번역을 단계적으로 출간하기로 결정해 주신 나남출판 조상호 회장님께 깊은 감사를 드린다. 그리고 철자, 띄어쓰기, 지면 도안 등 제반 사항에 세심한 주의를 기울이며 편집에 임하고 계신 방순영, 이자영 두 분께도 고마운 마음을 전한다.

이 성 일

1. 〈맥베스〉를 번역함에 있어 역자는 어느 한 텍스트에 전적으로 의존하기보다
   는, 몇 개의 텍스트를 상호 비교해 읽으면서 번역을 진행하였다. 번역에
   사용한 텍스트는 Hardin Craig가 편집한 *The Complete Works of Shakespeare*
   (Chicago: Scott, Foresman and Co., 1961), G. Blakemore Evans가 편집
   한 *The Riverside Shakespeare* (Boston: Houghton Mifflin Co., 1974), G. B.
   Harrison이 편집한 *Shakespeare: The Complete Works* (New York: Harcourt,
   Brace & World, 1968), 이 세 권의 셰익스피어 전집에 수록된 *Macbeth*의
   텍스트들과, 단행본으로는 *The Arden Edition of the Works of William
   Shakespeare* 총서 중 하나인 Kenneth Muir가 편집한 *Macbeth* (London:
   Methuen, 1962 and 1984) 등 네 가지였다. 그 밖에 Stanley Wells와 Gary
   Taylor가 공편한 *William Shakespeare : The Complete Works* (Oxford:
   Clarendon Press, 1986)도 수시로 참고하였다.

2. 텍스트들 사이에 상이한 부분이 나타나면 역자가 판단하기에 가장 적절한
   것을 취하여 번역하였는데, 원전과 대조하며 읽을 독자의 편의를 위해 상
   이한 텍스트에 대한 주석을 각 페이지 하단에 나타나도록 하였다. 어느 한
   가지 텍스트를 선택하여 읽을 독자가 원문과 일치하지 않는 번역을 접하고
   갖게 될지도 모를 의아심을 해소시켜 주려는 목적에서였다.

3. 셰익스피어가 쓴 그대로를 우리말로 치환하여 놓음으로써, 원전을 읽을 때의 감흥을 독자가 우리말 번역문을 읽는 동안에도 가져 볼 수 있을지도 모른다는 희망을 가지고 번역에 임하였다. 그래서 가능한 한 원전의 시행 전개를 벗어나지 않고 그와 일치하는 번역을 목표로 작업에 임하였으므로, 원전과 번역이 거의 동일한 시행 전개를 보이는 결과를 낳았다. 물론, 이는 다분히 의도적인 것이기는 하지만, 역자는 여기서 조그만 희망 하나를 가져 본다. 영문학도들이 원전을 읽으면서 원전의 시행들이 과연 어떤 의미를 갖는지 재확인하고 싶을 때, 조금이라도 도움이 될 수 있지 않을까 하는 소박한 희망이 그것이다.

4. 위의 욕심을 채우려 애쓰는 동안에도, 역자는 이 욕심이 꼭 충족될 수만은 없다는 것을 새삼 깨달았다. 셰익스피어의 무운시 (*blank verse*) 는 '약강오보격' (*iambic pentameter*) 에 충실하다. 따라서, 화자가 바뀔 때에도, 두세 명의 등장인물이 잇달아서 짧은 대사를 이어갈 때, 원문의 편집자는 음절 수에 따라 이를 한 행으로 처리하는 경우가 많다. 그러나 번역문에서, 화자가 바뀌는데도 불구하고 이를 한 행으로 묶어 버릴 수는 없다. 번역문에서는 화자가 바뀌면 자연히 행도 새로이 시작된다. 이런 연유로 번역문에서의 시행 숫자가 원전에서의 그것과 가끔 달라질 수밖에 없었던 것을 밝히고자 한다.

나남 셰익스피어 선집 5

맥베스

등 장
인 물

덩컨	스코틀랜드의 왕
맬컴	덩컨의 장남
도널베인	덩컨의 차남
맥베스	스코틀랜드의 장군
뱅쿠오	스코틀랜드의 장군
맥더프	스코틀랜드의 영주
레녹스, 로스, 멘티스,	스코틀랜드의 영주들
앵거스, 케이스니스	
플리언스	뱅쿠오의 아들
씨워드	노섬벌랜드 백작, 잉글랜드의 장군
젊은 씨워드	씨워드의 아들
쎄이튼	맥베스의 부하
소년	맥더프의 아들

영국 왕실의 시의(侍醫)

스코틀랜드 왕실의 시의

사관

문지기

노인

맥베스 부인

맥더프 부인

맥베스 부인의 시녀

헤커트

세 명의 마녀들

혼령들

그 밖의 귀족들, 신사들, 장교들,

병사들, 자객들, 하인들, 전령들

장 소 스코틀랜드와 잉글랜드

1막 1장

황야. 천둥과 번개. 세 명의 마녀들 등장

마녀 1

우리 셋 언제 다시 만날까?

천둥 칠 때? 번개 칠 때? 아니면, 비 올 때?

마녀 2

반란이 깨끗이 진압되고,

전투에서 지고 이겼을 때.[1]

마녀 3

그건 해 떨어지기 전일 테지.   5

마녀 1

어디서?

---

1 "When the battle's lost and won." '한쪽이 이기고 다른 쪽이 짐으로써, 승패가
분명히 판가름 났을 때'라는 의미로 받아들이는 것이 일반적인 해석이다. 그러나
역자는 이 말은 전투의 결과가 갖는 의미의 이중성 ─ 즉, 이겼다고 이긴 것이
아니고, 졌다고 진 것만은 아니라는 ─ 을 함축한다고 읽고 싶다. 맥베스가 승전
했지만, 이 승전은 그의 도덕적 추락을 야기하는 계기가 되고, 덩컨은 반란군이
진압된 것을 기뻐하지만, 바로 그 승리가 그의 암살로 연결되기 때문이다.

마녀 2
황야에서지.

마녀 3
거기서 맥베스를 만나는 거야.

마녀 1
곧 가마, 회색 고양이야!

마녀 2
두꺼비가 부르는군.   *10*

마녀 3
얼른!

마녀들 함께
고운 것은 추하고, 추한 것은 고와.[2]
안개와 탁한 공기를 가르고 나르자.

모두 퇴장 †

---

2 선과 악, 미(美)와 추(醜) 등의 상반되는 개념들이 갖는 관계의 모호성을 지적
하는 도덕적 상대론(*moral relativism*)을 압축한 말이다.

1막 2장

포레스 근처의 진영. 무대 뒤 나팔소리. 덩컨, 맬컴,
도널베인, 레녹스, 시종들과 함께 등장. 피 흘리는 사관 한 명을 만난다.

덩컨
저 피 흘리는 자는 누군가? 모양새를 보니,
반란의 근황을 전해 줄 수 있을 듯하이.

맬컴
바로 이 사관입니다. 용맹하고 굳센
군인답게 싸워, 제가 생포되는 것을
막아 준 자입니다. 어이, 용감한 친구!   5
자네가 마지막으로 본 전황을
그대가 아는 그대로 전하께 여쭙게.

사관
혼전이었습니다. 헤엄치다 지친 두 사람이
서로 뒤엉켜 허우적대는 것 같았지요.
무자비한 맥도널드는 — 온갖 고약한 성질이   10
이자에게 다 모여 있어, 역도가 될 만한 자이온데 —
서쪽의 섬들에서 규합한 보병들과 도끼잡이들로

19

충원을 하였기에, 한동안은 운명의 여신이,
역도의 창부인 양, 이자가 벌이는 저주받은 싸움에
미소짓는 듯하였습니다. 허나 헛일이었지요.   15
용맹하신 맥베스 장군께서는, 그 호칭에 걸맞게,
운명의 여신을 경멸하며, 검을 휘두르시니,
그분의 검에 뜨거운 피의 김이 서리는 가운데,
용맹의 총아이신 양, 전진에 전진을 거듭하여,
마침내 가증스런 적장과 마주치셨나이다.   20
장군은 그자와 악수도, 작별 인사도 나누지 않고,
배꼽부터 턱까지 한 칼에 도륙을 내시고 나서,
역도의 머리를 성루에 꽂아 놓으셨나이다.

덩컨

오, 용맹스런 종친!1 탁월한 무장!

사관

태양이 찬란히 빛나기 시작하는 곳에서2   25
난파시키는 폭풍과 무서운 천둥이 비롯하듯,

---

1 역사적으로도 맥베스와 덩컨은 둘 다 맬컴 왕의 손자들이었으므로, 두 사람은
  종친 관계에 있다. 그러나 임금이 자신의 신하를 'cousin'이라고 친근한 호칭으
  로 부르는 것도 관행이었다.
2 즉, '해가 떠오르는 동쪽에서'. 원문은 "whence the sun 'gins his reflection"인
  데, 여기서 'reflection'을 춘분(春分)에 해가 향방을 달리함을 의미하는 것으로
  읽는 학자들(G. Blakemore Evans, Kenneth Muir)도 있으나, 굳이 그런 천문
  학적 지식을 원용할 필요를 역자는 느끼지 않는다. 여기서는 '해가 뜨는 동쪽',
  즉, 비유적으로 '희망적인 상황'을 의미하는 것으로 보면 된다.

안도의 한숨을 허락할 듯 평온한 샘에서3
불안한 기운이 솟습니다. 전하, 들으십시오.
용맹으로 무장한 정의가 발 빠른 보병들을
패주하지 않을 수 없게 만든 것도 잠시 —   30
노르웨이 왕은 호시탐탐 기회를 엿보다가,
부대를 재정비하고 새 병력으로 보강한 뒤,
공격을 재개하여 왔습니다.

덩컨
이 사태에 우리 장군들,
맥베스와 뱅쿠오가 놀라지는 않았나?   35

사관
그랬습니다. 독수리가 참새를 보고, 아니면
사자가 토끼를 보고 놀라듯 말씀입니다.
사실을 여쭈면, 두 분은, 화약이 갑절로 담긴
대포처럼, 갑절의 갑절로 공격하셨습니다.
상처에서 흐르는 피로 목욕하려 함이었는지,   40
아니면 또 다른 골고다를 세우려 함이었는지,
제가 여쭐 수는 없습니다. 하지만 저는 지금
소진했고, 제 상처가 도움을 달라 외칩니다.

---

3 원문에 나오는 "spring"을 '봄', 즉 안온한 계절, 또는 '근원'(*source*)으로 해석하
  는 학자들(G. Blakemore Evans, Kenneth Muir)도 있으나, 그다음 행에 나오
  는 동사 "swells"와 연결해 볼 때, '샘'(*fountain*)의 뜻으로 읽는 것이 타당하다.

덩컨

자네 말은 자네 상처만큼 자네에게 걸맞구나.

둘 다 군인답다. 데려가 치료하라. 〔**사관 부축받고 퇴장**〕   45

〔**로스 등장**〕 누가 오는가?

맬컴

용감하신 로스 영주이십니다.

레녹스

서두르는 눈빛이 역력하구나!

급박한 상황을 전하려 함일 게야.

로스

전하께 문안 여쭙니다.   50

덩컨

경은 어디서 오는 길이오?

로스

파이프입니다, 전하. 그곳에서 노르웨이 군기들이

하늘 높이 펄럭이며 우리 편 간담을 서늘케 하고,

노르웨이 왕 자신이 막강한 군세를 이끌고,

대역무도한 코더 영주의 도움을 받으며,   55

치열한 공격을 개시하였습니다. 허나

철갑 두른 맥베스 장군은, 벨로나의 배필답게, 4

사생결단을 하려 그를 맞아 싸웠으니,

검에는 검으로, 반역의 힘에는 힘으로5
그자의 방자한 기세를 억눌렀습니다. 결론을   *60*
말씀드리면, 승리는 아군에게 돌아왔습니다.

덩컨
참으로 기쁜 소식이구려!

로스
노르웨이 왕 스웨노는 강화를 원하는데,
저들이 우리가 쓸 경비조로 일만 달러를
세인트 콤 섬에서 지불하기 전에는, 전사한   *65*
저들 병사들 시신 매장을 불허하려 합니다.

덩컨
그 코더의 영주란 자가 더는 과인을
배신하지 못할 것이오. 즉시 그자의 처형을 명하고,

---

4 벨로나(Bellona)는 전쟁의 여신. 신화에서 벨로나는 처녀이지만, 여기서 화자
  가 말하려는 것은, 만약에 벨로나가 배필을 정한다면, 그는 당연히 맥베스라야
  할 것이라는 의미이다.
5 (i) "Point against point rebellious, arm 'gainst arm," (Hardin Craig, G. B.
      Harrison)
  (ii) "Point against point, rebellious arm 'gainst arm," (G. Blakemore Evans,
      Kenneth Muir)
  위의 두 텍스트에서 구두점 콤마의 위치가 다르기 때문에, 이 행의 의미도 서로
  약간 다르다. (i)에서는 "point rebellious"라는 후치형용사를 사용한 어구가 사용
  되었고, (ii)에서는 "rebellious arm"이라는 자연스런 어순을 따른 것은 물론이고,
  의미상으로도 후자가 자연스럽게 느껴진다.

그자가 누리던 지위를 맥베스가 승계토록 하오.

로스
분부대로 거행하겠습니다.   *70*

덩컨
그자가 잃은 것을 용명한 맥베스가 얻음이오.

모두 퇴장

1막 3장

황야. 천둥소리. 마녀 셋 등장

마녀 1

너 어디서 무얼 했니?

마녀 2

돼지 죽이는 일.1

마녀 3

언니는 무얼 했어?

마녀 1

뱃놈의 여편네가 무릎에 밤을 놓고,

오물오물 처먹더라니까. '좀 줄래?' 그랬더니,   5

그 살찐 망할 년이 '꺼져, 마녀!' 소리치잖아.

그년 서방은 '범호' 선장으로 알레포에 가 있어.

체2 타고 그리 훌쩍 건너가서,

---

1 마녀들이 하는 해코지의 하나는 가축을 죽게 만드는 일이다. 돼지는 제일 흔한
가축이다.

꼬리 없는 쥐가 되어 가지고는,3
그럴 거야, 그럴 거야, 그럴 거야.4   *10*

마녀 2
내가 바람 한 줄기 줄게.5

마녀 1
고마워.

마녀 3
나도 한 줄기.

마녀 1
더 필요한 바람은 내게도 있어.
뱃놈들이 쓰는 나침판에 뜨는   *15*
방향이 무엇이건, 바람이 불되,
항구에서 바다로 불게 해야지.6

---

2 마녀는 흔히 체(*sieve*)를 타고 바다를 건넜다고 믿었다.
3 마녀는 네 발 달린 짐승으로 변신을 할 때, 두 팔을 앞발로 변하게 하고, 두 다
 리는 뒷다리로 변하게 하는 것이 용이하지만, 원래 꼬리가 없기 때문에, 네 발
 달린 포유동물로 변신을 해도 꼬리를 가질 수 없다.
4 마녀는 같은 말을 세 번 하는 버릇이 있다. 자신을 구박한 여자의 남편을 해코
 지하겠다는 것인데, 구체적으로 어떻게 하겠다는 말을 하지 않음으로써 주술적
 인 효과를 더 낸다.
5 바람을 제공하여 폭풍을 일으키도록 해 주겠다는 말.
6 바람이 항구에서 바다 쪽으로 불면, 정박이 불가능하여, 배가 계속 바다 위에
 떠 있을 수밖에 없다.

그놈을 건초처럼 바싹 말려야지.
밤이건 낮이건 그놈 눈꺼풀에
잠이 내려앉지 못하게 할 거야.   20
저주받은 불면 속에 살 수밖에.7
지겨운 일곱 밤 아홉 배의 아홉 배면,
그놈은 시들고 말라비틀어질 거야.
그놈이 탄 배가 없어지진 않더라도,
폭풍우에 들볶이는 건 어쩔 수 없지.   25
내가 가지고 있는 것 좀 볼래?

마녀 2
보여줘. 보여줘.

마녀 1
어느 뱃놈의 엄지손가락인데,
귀항 길에 난파돼 죽은 놈 거야.

무대 뒤에서 북소리 †

마녀 3
북소리다! 북소리!   30
맥베스가 온다.

---

7 이 말은 나중에 맥베스가 잠을 빼앗긴 상태에서 절규하게 되는 상황과 연결시켜
  볼 수 있겠다.

마녀들

바다며 땅을 바삐 돌아다니는

운명의 세 자매,[8] 손을 맞잡고,

이렇게 돌고, 또 돌아볼꺼나.

네 쪽으로 세 번, 내 쪽으로 세 번,   35

그리고 또 세 번 — 그럼 아홉 번이지.

쉬! 마술이 걸렸구나.

맥베스와 뱅쿠오 등장

맥베스

이렇게 고약하고 좋은 날은 처음 겪었소.[9]

뱅쿠오

포레스까지는[10] 얼마나 남았소? — 이것들은 뭐야?

말라비틀어지고, 누더기를 옷이랍시고 걸치고,   40

지상에 사는 것 같아 보이진 않는데도,

---

8 그리스 신화에서 '운명의 세 자매'(*the Weird Sisters*)는 'the Fates'라고 불리기도
  하는데, 인간의 출생을 주관하여 목숨의 실을 잣는 클로토(Clotho), 인간의 삶
  을 조종하는 라케시스(Lachesis), 목숨의 실을 끊는 아트로포스(Atropos), 이
  세 여신을 말하며, 로마인들은 이들을 파르카에(Parcae)라고 불렀다. 물론 여
  기 나오는 세 마녀들은 '운명의 세 자매'가 아니고, 그들을 대신하여 무대 위에
  나타나는 '대리인'(*agent*)들이다.
9 1막 1장 12행에서 마녀가 한 말의 연장선상에서 받아들일 수 있는 말이다. 말 그
  대로는, 날씨는 궂은데, 승리를 했으니 좋은 날이라는 뜻이지만, 바로 그날 마녀
  들을 만나 반역이 마음속에 잉태되는 날이니, '고약한'(*foul*) 날이기도 하다.
10 당시 스코틀랜드의 수도였다.

땅 위에 있으니 말야. 살아 있는 것들이냐?
말은 해? 내 말 알아듣긴 하는 모양이군.
갈라진 손가락을 바싹 마른 입술에 일제히
가져다 대는 걸 보니 말야. 계집들 같은데,   45
턱수염이 난 걸 보니, 그도 아닌 것 같고 —

맥베스
말할 줄 알면, 말을 해. 무엇하는 것들이냐?

마녀 1
맥베스 만세! 글라미스 영주님 만세!

마녀 2
맥베스 만세! 코더 영주님 만세!

마녀 3
맥베스 만세! 장차 전하 되실 분!   50

뱅쿠오
장군, 왜 움찔하며 두려워하시는 거요?
듣기에 좋기만 한데 말이오. — 묻는데,
너희들은 환영이냐, 아니면 보이는 그대로
실체가 있는 것들이냐? 너희는 존귀한 내 동행을,
지금 누리는 칭호는 물론, 다가올 칭호와, 앞으로   55
누릴 지존의 자리를 예언하는 말로 맞아, 이분을
혼란에 빠뜨리는구나. 헌데 내겐 아무 말이 없어?

시간의 씨앗이 어떻게 자라날지 예측을 해서,
어느 알맹이는 영글고, 어느 것은 시들 것인지
알 수 있다면, 말하거라. 나는 너희들의 호의를   *60*
바라지도 않고, 미움을 두려워하지도 않는다.

마녀 1
만세!

마녀 2
만세!

마녀 3
만세!

마녀 1
맥베스보단 못하지만, 더 위대하셔!   *65*

마녀 2
그만큼 행복하진 못해도, 훨씬 더 행복하셔!

마녀 3
임금은 못 되셔도, 임금들을 낳으실 분!
그러니, 만세! 맥베스 만세, 뱅쿠오 만세!

마녀 1
뱅쿠오와 맥베스, 두 분 만세!

맥베스

멈춰라, 아리송하게 말하는 것들, 말 좀 더 해라.　　　　　　　*70*
싸이넬의11 별세로 내가 글라미스 영주가 된 것은
알지만, 코더 영주라니 무슨 소리냐? 코더 영주는
버젓이 살아 있다.12 또 내가 왕위에 오르리란 말은
코더 영주가 되리란 말 못지않게 못 믿을 소리다.
이 괴이한 소문의 근거는 무엇이고, 무슨 연유로　　　　　　　*75*
이 황량한 들판에서 우리 앞을 막고 이런 말을
예언이랍시고 지껄이는 거냐? 말하거라. 명한다.

마녀들 사라진다. †

뱅쿠오

땅에서도 물에서처럼 거품이 이는 모양이오.
이것들도 그중 하나일 테지. 어디로 사라진 걸까?

맥베스

허공으로 ─ 몸뚱이가 있는 것 같던 것들이　　　　　　　*80*
숨결처럼 바람 속으로 사라졌소. 더 머물렀더라면!

---

11 맥베스의 아버지 이름은 'Finele'였는데, 홀린스헤드의 〈연대기〉에 'Synele'로 잘못
　 표기된 것을 셰익스피어가 그대로 철자만 바꾸어 따랐다고 학자들은 지적했다.
12 1막 2장이 끝날 무렵, 덩컨은 코더의 처형을 명한다. 맥베스 자신이 노르웨이 왕
　 스웨노와 코더를 패주시켰음에도 불구하고 이런 말을 하는 것은 앞뒤가 맞지 않
　 는다. 그러나 맥베스는 아직 코더의 형 집행 명령이 내린 것을 모르는 상태일 수
　 도 있다.

뱅쿠오

우리가 이야기하는 그것들이 정말 여기 있었나?
아니면, 이성을 잡아 가두는 약효를 가진,
미치게 만드는 풀뿌리라도 우리가 먹은 걸까?

맥베스

장군 자손들은 임금이 된다오.   85

뱅쿠오

장군은 임금이 된다 했어요.

맥베스

코더 영주라고도 했지. 그러잖았소?

뱅쿠오

바로 그 곡조에 그 가사였소.13 예 오는 게 누군가?

로스와 앵거스 등장

로스

맥베스 장군, 전하께선 장군의 승전보에 매우
기뻐하시었소. 그리고 역도들과의 싸움에서   90
장군이 몸소 보여주신 용맹에 관해 읽으시며,
경이와 찬탄이 뒤섞이니, 무엇이 장군 몫이고,

---

13 뱅쿠오는 마녀들의 예언을 짐짓 대수롭지 않게 여기는 투로 말한다.

무엇이 전하의 몫인지 구분을 못하시더이다.
말문이 닫힌 채, 나머지 전과를 읽어 나가시며,
막강한 노르웨이군 전열의 한복판에서 장군이   95
몸소 지어내시는 끔찍스런 죽음의 형상들을
두려워하지 않는 모습을 접하시는 것이었소.
우박이 내리듯, 전령들이 속속 들이닥치는데,
전령마다 전하의 왕국을 수호하는 장군에 대한
예찬의 말을 가져와, 전하 앞에 쏟아 놓더이다.   100

앵거스

장군께 치하의 말씀을 전하라는 전하의 분부를
받잡고 왔소이다. 공을 전하께 안내하려 왔을 뿐,
포상의 말씀을 전하러 온 것은 아니외다.

로스

그리고 나중에 있을 보다 큰 포상의 증표로, 14
공을 코더의 영주로 받들라 명하시었소.   105
그 칭호로 인사드리오. 코더 영주, 잘 오셨소!

뱅쿠오

아니! 악마도 진실을 말하는가?15

---

14 이 말을 듣는 순간, 맥베스는 자연스럽게 마녀의 마지막 예언 — 그가 왕위에 오
   를 것이라는 — 을 무의식중에 떠올렸을 것이다.
15 마녀의 예언 중 하나가 적중한 것을 알게 된 뱅쿠오는 전율한다.

맥베스

코더 영주 살아 있는데, 왜 내게 남의 옷을 입히시오?

앵거스

한때 코더 영주였던 자 살아는 있소만, 중죄인의
멍에를 지고, 잃어 마땅한 목숨을 부지하고 있소.　　　　　*110*
그자가 노르웨이군과 합세했었는지, 아니면
은밀한 도움과 편의를 제공해 역도를16 지원했는지,
아니면 둘 다 하여 조국의 파멸을 기도했는지, 나는
알지 못하오만, 대역죄를 자복했고 입증이 된 이상,
그자의 처형은 불가피하오.　　　　　*115*

맥베스

〔혼잣말〕 글라미스, 그리고 코더 영주라 — 다음엔
제일 거창한 게 올 차례군. 〔로스와 앵거스에게〕 수고들 하셨소.
〔뱅쿠오에게〕 나를 코더 영주라 불러준 그것들이 한 약속이니,
공(公)의 손(孫)들이 임금이 되리란 희망을 품게 되지 않으시오?

뱅쿠오

그 말을 그대로 믿으셨다가는, 코더 영주를 넘어,　　　　　*120*
왕관을 쓰고픈 마음이 들게 되실지도 모를 일이오.
헌데 이상해요. 우리를 속여 해악으로 이끌기 위해,
어둠의 하수인들은 우리에게 가끔 사실을 말해요.
별것 아닌 진실을 말해, 우리 마음을 산 뒤,

---

16 1막 2장 10행에서 언급된 맥도널드를 말함이다.

중차대한 결과를 낳는 일에선 우릴 배신하는 거요.   *125*
〔**로스와 앵거스에게**〕 잠깐, 드릴 말씀이 있소.

맥베스

〔**혼잣말**〕 두 가지 사실은 맞혔구나. 이는
왕권을 주제로 하는 웅대한 연극에 앞서는
멋진 서막과 같은 것. ―두 분께 감사하오.
〔**혼잣말**〕 이 초자연적인 것들의 유혹은   *130*
사악한 것일 수도, 선한 것일 수도 없어.
사악한 것이라면, 왜 애초에 사실을 알려 주어
나중에 올 일을 보증하지? 나는 코더의 영주야.
선한 것이라면, 그 일은 상상만 해도, 머리칼을
곤두서게 만들고, 내 천성에 어울리지 않게   *135*
내 평온해야 할 심장이 갈비뼈를 때리게 하는데,
왜 그 생각을 하게 되는 걸까? 눈앞의 두려움은
머릿속에 그리는 끔찍한 장면과는 비교도 안 돼.
내 상념은 ―아직은 살인이 상상에 불과한데도―
인간으로서 지녀야 할 평온을 뒤흔들어 버려,17   *140*
공허한 상상에 짓눌려 사고의 기능은 마비되고,
내게 남은 것이라고는 근거 없는 허상뿐이구나.

---

17 이 행의 원문은 "Shakes so my single state of man"인데, 여기서 'state'는 '상태'
라는 뜻이 아니라, 이른바 'the body-politic theory'에 따른 생각 ― 즉, 한 인간
은, '국가'와 마찬가지로, 질서체계가 완전히 정립되어 있어야 하고, 그래야 마
음의 평정과 올바른 판단을 유지할 수 있다는 생각 ― 을 투영하는 단어라고 역
자는 본다.

뱅쿠오

보시오. 우리 동지가 생각에 잠겨 있구려.

맥베스

〔혼잣말〕내가 왕이 될 운명이면, 그래, 운명은,

내가 가만있더라도, 내게 왕관을 씌워 줄 것이야.   *145*

뱅쿠오

〔혼잣말〕18 새로운 영예가 내려졌으니,

처음 입는 옷처럼, 어색하게 느껴질 테고,

시간이 흘러야 익숙해질 것이야.

맥베스

〔혼잣말〕어차피 올 것이라면, 오거라.

제아무리 힘든 날일지라도, 시간은 가는 것 —   *150*

뱅쿠오

맥베스 장군, 우리는 장군을 기다리는 중이오.

맥베스

용서해 주시오. 내 아둔한 머리가 그만

잊고 있던 일들로 어지러웠던 모양이오.

두 분의 수고는 뇌리에 새겨 두고, 날마다

---

18 여기서 뱅쿠오가 하는 말은, 맥베스가 바로 곁에 있는 상태에서, 로스와 앵거스
　에게 하는 말이라고는 생각할 수 없다. 이 말은 뱅쿠오가 객석을 향해, 아니면
　혼자 하는 말이라고 봄이 자연스럽다.

기억을 새로이 할 거요. 전하께 가십시다.   *155*
〔뱅쿠오에게〕 오늘 일어난 일을 생각해 보고,
시간을 두고 숙고해 본 뒤에, 우리 함께
흉금을 터놓고 이야기를 나눠 봅시다.

뱅쿠오
그럽시다.

맥베스
허면, 그때까지, 이만 ― 자, 가십시다.   *160*

모두 함께 퇴장 †

1막 4장

포레스. 궁전. 나팔소리. 덩컨, 맬컴, 도널베인, 레녹스, 시종들 등장

덩컨

코더는 처형되었는가? 아니면1 그 임무를 띠고
간 사람들이 아직 돌아오지 않았는가?

맬컴

전하, 아직 돌아오지 않았습니다만, 코더의 죽음을
목격한 사람과 이야기를 나누어 보았습니다. 그의
말에 의하면, 코더는 자신의 반역을 솔직히 자백했고,   5
전하의 용서를 빌며, 깊이 참회하였다고 합니다.
그가 살아서 한 어떤 행위도 삶을 버리는 순간만큼
그의 신분에 걸맞지는 않았다 합니다. 죽음을 맞는
연습을 하기라도 한 사람 같았는데, 그가 가진 가장
소중한 것을, 마치 하찮은 것 버리듯 하였다 합니다.   10

덩컨

얼굴만 보고 사람 마음을 알 수는 없는 노릇이야.

---

1 (ⅰ) "Or"(Folio 1; Muir) (ⅱ) "Are"(Folios 2~4; Craig, Evans, Harrison) 역자
는 (ⅰ)을 택했다.

내 그자를 더할 나위 없이 신임하였건만 ─ 2

〔맥베스, 뱅쿠오, 로스, 앵거스 등장〕

오, 자랑스런 내 사촌 아우!3 그대에게 제대로
감사 표시를 하지 못함에 대한 가책으로
내 마음은 지금도 무겁소. 그대가 하도 앞서가니,   15
아무리 서둘러 포상하려 해도 따라잡기 어렵구려.
그대의 공훈이 다소 미진하였던들, 나 그에 대한
감사 표시와 포상을 감당할 수 있으련만!
그대에게 합당한 상훈을 내리는 것은 나에겐
역부족이라는 말밖에는 할 수가 없구려!   20

맥베스

소신이 전하께 마땅히 바쳐야 할 봉공과 충절은
그를 행하는 것 자체가 포상이올습니다. 전하는
소신들의 충성을 받아들이시기만 하면 되옵고,
소신들은, 전하의 자식들이자 종복으로서,
전하의 보위와 국가를 지켜야 할 뿐입니다.   25
다만 해야 할 바를 하였을 뿐 ─ 이는 전하를
향한 애정과 명예에 충실하기 위함이옵니다. 4

---

2 덩컨이 이 말을 하고난 뒤, 곧바로 맥베스가 등장하는 것은, 극적 아이러니의
   극치이다.

3 홀린스헤드의 〈연대기〉에 의하면, 스코틀랜드의 왕 맬컴 2세는 딸 둘이 있었는
   데, 덩컨은 맏딸의 아들이었고, 맥베스는 작은딸의 아들이었다고 한다.

4 "by doing everything / Safe toward your love and honour." 이 부분에서 "your"
   라는 인칭대명사는 사랑의 주체가 아니라, 대상을 지칭한다. 즉, 덩컨의 사랑
   을 받기 위해서라는 뜻이 아니라, 그를 사랑하기 때문이라는 뜻이다. 그리고
   "honour"는 덩컨의 명예가 아니라, 말을 하고 있는 신하의 명예를 의미한다.

덩컨

진심으로 환영하오. 나 그대를 중용키로 하였고,
한껏 크도록 힘쓸 것이오. ―뱅쿠오 장군, 그대
또한 못지않은 전공을 세웠고, 온 세상이 이를   30
마땅히 인지하여야 할 것이오. 그대를 내 품에
안아 내 마음의 벗으로 삼도록 하여 주오.

뱅쿠오

전하의 품에서 자라면, 수확은 전하가 거두소서.

덩컨

억누를 길 없는 내 기쁨은 차고 넘쳐흘러
눈물 속에 숨으려 하는구려. 내 아들, 친족들,   35
제공들, 그리고 최측근인 그대들에게 이르노니,
과인의 장남 맬컴이 보위를 물려받을 것을
천명하는 바요. 차후로는 맬컴의 공식 호칭을
'컴벌랜드 왕자'라 할 것이오.5 허나 이 영예는

---

5 왜 이 시점에서 덩컨이 느닷없이 왕위계승 문제를 확실히 해 놓고자 하는지 생각
해 볼 필요가 있다. 덩컨의 어머니와 맥베스의 어머니는 자매였다. 그들의 외조
부인 맬컴 2세는 딸만 둘 있었기 때문에, 큰딸의 아들인 덩컨이 왕위에 올랐던
것이다. 그러나 덩컨과 맥베스의 외증조부 케네스(Kenneth)가 정해 놓은 왕위계
승의 원칙에 따르면, 맥베스도 덩컨에 못지않은 왕위계승의 자격이 있었다. 따
라서 덩컨의 입장에서는 반란을 진압하고 온 외사촌 맥베스가 위협적인 존재로
인식되는 것은 당연한 노릇이다. 어느 왕국에서건 최강자가 왕권을 보유하는 것
이 자연스럽고 바람직한 일이다. 그러나 동서양을 막론하고 많은 임금들은 자신
의 직계 후손에게 왕통을 계승하게 하려 함으로써 비극을 자초한 경우가 많았다.
'검은 갑주의 왕자' 에드워드의 아들 리처드가 어린 나이에 왕위에 오르는 대신,

비단 왕세자에게만 국한되는 사안이 아니고,   *40*
영예로운 포상을 공신들에게 내리어, 별처럼
빛나게 할 것이오. 자, 이곳을 떠나 인버니스로―6
거기서 공에게 신세를 좀 져야겠소.

맥베스

휴식도, 전하를 위한 것이 아니라면, 노역이옵니다.
소신이 직접 전령이 되어, 전하께서 왕림하신다는   *45*
소식을 전하고 소신의 처를 기쁘게 하여 주렵니다.
그러면 소신 그만 물러나겠나이다.

덩컨

그리하오, 미더운 코더 공!

맥베스

〔**혼잣말**〕'컴벌랜드 왕자'라! 이 발판에 걸려
내가 넘어지든가, 아니면 뛰어넘어야 할 테지.   *50*
내 앞길을 막으니 말야. 별들아, 빛을 감추어라!
내 검고 깊은 욕망을 빛이 보지 못하게 하라.

당시 막강한 권력이었던 랭커스터 공작 존 오브 곤트가 에드워드 3세에 이어 왕
위를 승계했던들, 리처드 2세의 비극은 일어나지 않았을 것이다. 우리 역사를 보
아도, 병약한 문종의 사후 그의 아우 수양대군이 왕통을 이었다면, 단종의 비극
은 일어나지 않았을는지 모른다. 스코틀랜드의 왕위계승자에게 공식적으로 주어
지는 '컴벌랜드 왕자'라는 타이틀을 맬컴에게 서둘러 부여함으로써, 덩컨은 맥베
스를 아예 왕위계승의 서열 밖으로 밀어내려 했다는 느낌을 지울 수 없다.
6 Inverness는 맥베스의 성이 있는 곳이다.

눈아, 손이 하는 일 보지 말거라. 하고 난 다음
눈이 보기를 두려워할 일이지만, 해치우자. 〔퇴장〕

덩컨
사실이오, 뱅쿠오 장군. 참으로 용감한 사람이오.   *55*
그 사람에 대한 찬사를 하도 많이 들어와서, 나는
마치 잔치상을 받는 것 같다오.[7] 뒤따라갑시다.
과인을 맞이할 준비를 시키려 먼저 떠났구려.
참으로 비견할 데 없는 혈친이오.[8]

주악. 모두 퇴장

---

7 평소에 맥베스에 대한 찬사를 많이 접해왔기 때문에, 말의 '잔치'에 온 것 같다
  는 덩컨의 말에서, 감추어진 시기나 경계심의 기미가 느껴진다는 역자의 생각은
  지나친 것일까?
8 "It is a peerless kinsman." 이 문장에서 화자는 'peerless'를 긍정적인 의미로 쓰
  고 있다. 그러나 관객에게는 그 반대되는 의미도 동시에 전달하기 때문에,
  'kinsman'이라는 단어를 수식할 때, 깊은 아이러니를 수반하는 단어이다.

1막 5장

인버니스. 맥베스의 성안 어느 방. 편지 읽으며 맥베스 부인 등장

맥베스 부인

'내가 승전한 날 그것들이 내 앞에 나타났다오.
그리고 가장 확실한 정보에 근거해,[1] 나는 그것들이
사람들보다 더 많은 것을 알고 있다는 걸 알았소.
질문을 더 하고 싶은 마음이 굴뚝같았는데, 그것들은
공기가 되어 허공으로 사라져 버렸소. 그걸 보고 내가   5
놀라서 멍하니 서 있는데, 전하가 보내신 사절이 도착해,
나를 보고 '코더 영주'라 부르며 인사를 하는 거였소.
헌데, 그 마녀들이 바로 그 호칭으로 나를 맞았었고,
앞으로 '임금이 되실 분'이라고 불렀단 말이오. 그래서
이 소식을 그대에게—지존의 자리를 나와 더불어 나눌   10
당신에게—알려 주는 것이 당연할 뿐 아니라, 어떤 영광이
그대를 기다리고 있는지 몰라, 의당 기뻐해야 할 기회를

---

1 이 부분은 두 가지 의미로 해석할 수 있다. (i) 맥베스가 마녀들의 실재에 대해
수소문을 해 보았다. (ii) 맥베스가 마녀들로부터 자신이 코더의 영주라는 말을
들었는데, 얼마 안 있어 로스가 그에게 코더의 영주로 임명되었다는 소식을 전
해 줌으로써 마녀들의 말이 사실이었음을 증명했다. 역자의 생각은 후자 쪽으로
기운다.

놓치게 해서는 안 되겠다는 생각이 들었던 거요. 이 사실을
가슴에 묻어 두오. 그럼 안녕.'

당신 글라미스 영주면서 코더 영주군요. 그다음엔   *15*
약속된 자리에 오르겠죠. 하지만 당신 성품이 걱정예요.
제일 가까운 길을 택하기엔 당신 너무 인정이 많아요.
당신은 높은 자리에 오르고 싶은 마음이 있고,
야심이 없는 것도 아녜요. 그런데도 그걸 위해 필요한
사악함을 갖지 못했어요. 당신은 높은 걸 얻으려 하면서,   *20*
그걸 순리대로 얻고자 해요. 부당한 행위를 마다하면서,
부당한 걸 쟁취하려 해요. 글라미스 공, 당신은 원해요.
갖고 싶으면 '이렇게 해야 돼'라고 외치는 그걸 말예요.
행하고 싶지 않다기보다는, 행동으로 옮기기를
두려워하는 그것 말예요. 2 어서 이리로 오세요.   *25*
내 정기를 그대의 귀에 퍼부어 넣고, 내 혀를
용맹스럽게 휘둘러, 당신을 가로막는— 운명과
초자연적인 도움이 그대의 머리를 감싸 주려는
그 황금의 왕관으로부터 그대를 떼어 놓으려는—
주저하는 마음을 없애 드릴 게요. 〔전령 등장〕 무슨 소식이야?   *30*

---

2 Alexander Pope 이래 많은 편집자들—이를테면, Hardin Craig와 G. B. Harrison—은 끝마침 인용부호를 여기에 둠으로써 의미의 혼선을 야기한 감이 없지 않았다. 그러나 위의 번역—'이렇게 해야 돼'—이 보이는 것처럼, 23행의 한 부분인 'Thus thou must do'만을 인용부호들 안에 넣으면—이를테면, G. Blakemore Evans와 Kenneth Muir가 편집한 텍스트의 경우—의미가 선명할 뿐만 아니라, 논리적으로도 타당하다. 역자는 후자를 따랐다.

전령

전하께서 오늘 밤 이리로 오십니다.

맥베스 부인

무슨 말야? 미쳤나? 자네 주인 전하와 함께 계시잖아?

그 말이 사실이면, 준비하란 전언을 하셨을 것 아냐?[3]

전령

여쭙는데, 사실입니다. 영주님께서 오고 계십니다.

제 동료들 중 하나가 앞서 급히 달려 왔사옵는데,   35

거의 숨이 넘어가며 가까스로 전언을 하였습니다.

맥베스 부인

잘 돌보아 주어. 기쁜 소식을 가져온 사람이니 ―

〔전령 퇴장〕

까마귀도 목쉰 소리로 울어대며, 덩컨이

내 성채 안으로 죽으려 드는 것을 알리누나.

오거라, 살기 어린 상념을 부추기는 정령들아,   40

와서, 내게서 여자다운 성정일랑 지워 버리고,

---

3 R. Walker는 말하기를, 맥베스 부인이 남편 생각에 골똘해 있다가, 31행에서 전
  령이 하는 말에 들어 있는 '전하'라는 단어를 남편 맥베스를 지칭하는 것으로 알
  아듣고, 깜짝 놀라는 것이라고 설명했다. 맥베스 부인은 곧 자신의 비밀스런 마
  음이 들킨 것 같아, 다소 어색한 군더더기 변명을 덧붙인다는 것이다. 그러나 역
  자는 굳이 그렇게까지 상상력을 확대하고 싶지는 않다. 그보다는 덩컨을 죽일 생
  각을 하고 있었는데, 그날 밤 덩컨이 온다는 말을 듣고, 운명의 수레바퀴가 너무
  빨리 도는 것을 느끼고 소스라치는 순간이라고 보면 될 것이다.

머리부터 발끝까지 극악무도한 잔혹함으로
가득 채워 다오! 내 피를 진하게 만들어 주고,
가책으로 이르는 길목과 통로를 막아 다오.
그리하여 자연스레 찾아드는 연민의 정이   *45*
내 잔인한 목표를 흔들거나, 내 뜻을 이룸에
끼어들지 않게 해 다오! 살기 돋친 정령들아,
내 여자의 가슴에 와, 젖일랑 다 말려 버리고
쓸개물로 채워라. 보이진 않으나 본질은 있어,
어디에서건 너희들은 자연을 해치지 않느냐!   *50*
칠흑 같은 밤아, 자욱한 지옥의 연기로 너 자신을 감싸,
내 예리한 비수가 제가 내는 상처를 보지 못하게 하고,
하늘이 어둠의 장막을 찢고 내려다보며, 이렇게
소리치지 못하게 해 다오 ― '멈춰라, 멈춰!'
〔맥베스 등장〕
아, 글라미스 영주! 자랑스런 코더 영주!   *55*
그 둘보다 더 높고, 앞으로 만인이 우러를 분!
당신 편지를 읽고, 몽매 속에 헤매는 현재를
건너뛰어, 미래에 가 있는 것처럼 느껴져요.

맥베스

여보, 덩컨이 오늘 밤 이곳으로 온다오.

맥베스 부인

그리고 언제 떠난답디까?   *60*

맥베스

계획대로라면, 내일이오.

맥베스 부인

아! 내일은 아침 해가 뜨지 말라고 하세요!
나의 영주, 당신 얼굴은 책과 같아서, 거기 담긴
야릇한 내용을 사람들이 훤히 읽을 수가 있어요.
세상을 속이시려면, 세상 사람들처럼 보이세요.   65
눈과 손과 혀로 환영한다는 표현을 하세요.
천진한 꽃처럼 보이되, 그 아래 숨은 뱀이 되세요.
오시는 분을 맞이할 준비를 해야겠지요. 4
그리고 오늘 밤 치를 일은 나한테 맡겨요 5
오늘 밤의 거사는 장차 우리가 맞을 밤낮에   70
절대 지존의 권능과 위엄을 가져올 거예요.

맥베스

그 일은 나중에 더 의논해 봅시다. 6

---

4 이 말이 담고 있는 상반되는 두 가지 의미는 분명하다. 그 하나는 예사로운 뜻
  이고, 다른 하나는 무서운 살의가 담긴 것이다.
5 이 말은 두 가지 의미로 읽을 수 있다. (i) '내가 그 일을 직접 해치우겠다.'
  (ii) '내가 그 일을 총괄할 터이니, 내가 하라는 대로만 하라.'
6 "We will speak further." 의회에서 어떤 안을 결정하고 나서 임금의 재가를 받
  으려 할 때, 왕이 그것에 동의하지 않음을 완곡하게 표현하는 말이 '임금은 재
  고해 보겠다'(Le roi s'avisera)였다고 하는데, 맥베스가 하는 이 대답은 단순히
  '더 생각해 보자'는 뜻 말고도, 흔히 말하는 'royal we'의 의미도 함축되어 있기
  때문에 일인칭 복수 대명사 'We'가 갖는 아이러니가 감지된다.

맥베스 부인

밝은 표정만 유지하세요.

당신 안색이 달라 보일까 걱정예요.[7]

나머지 일은 모두 나한테 맡기세요.   75

두 사람 퇴장

---

7 "To alter favour ever is to fear."
　'안색이 달라지는 것은 두려워한다는 표시다'라는 뜻으로 읽는 경우를 보았는데,
　'안색이 달라지는 것을 경계해야 한다'는 뜻으로 읽어야 한다.

1막 6장

맥베스의 성 앞. 목관악기 소리.[1]
덩컨, 맬컴, 도널베인, 뱅쿠오, 레녹스, 맥더프, 로스, 앵거스, 시종들 등장

덩컨

이 성채는 자리를 참 잘 잡았어. 부는 바람이
우리들 오관(五官)을[2] 즐겁게 할 만큼 상쾌해.

뱅쿠오

여름이면 돌아와 사원을 찾는 제비가 이곳에
둥지를 튼 걸 보면, 하늘의 숨결이 깃든 듯합니다.[3]

---

1 무대지시에는 "Hautboys and torches"라고 되어 있으나, 성 밖이므로 횃불을 앞세우고 등장하는 것은, 아무리 해 질 녘이라고 해도, 이상하다. 그래서 나는 "횃불" 지시는 생략했다. 물론, 성안은 어둑어둑할 것이므로 횃불이 필요할 것이다. 그러나 이 장면이 시작되는 장소는 성 밖이다. 그리고 이 장면을 여는 대사들은 '밝음'의 심상을 담고 있음도 기억해야 할 것이다.

2 "our gentle senses." 여기서 'our'는 일반적인 사람들을 지칭할 수도 있고, 임금이 자신을 지칭할 때 쓰는 'royal we'의 변형일 수도 있다. 역자는 전자의 의미로 받아들이고 싶다. 군이 '나이 들어 순화된 내 감각'이라고 읽기보다는, '사람들이 대체로 갖는 감각'이라고 읽는 것이 좋을 듯하다.

3 사신(死神)이 도사리고 있는 맥베스의 성채 주위를 감도는 기운이 온화하고, 천국의 숨결마저 느껴진다는 뱅쿠오의 말은 아이러니를 담고 있다. 외관과 실제의 괴리를 단적으로 입증하는 한 예이다.

지붕 밑 돌출 부위며, 기둥 둘레 띠며, 받침벽이며,   5
그 밖에 적당한 구석은 한 군데도 남기지 않고,
이 제비란 놈들이 높이 매달린 침상이자 새끼들의
요람인 둥지를 틀었군요. 제비들이 모여 새끼 치는
곳에는 공기가 좋은 것을 익히 보아 알고 있습니다.

맥베스 부인 등장 †

덩컨
보게나, 여기 우리 안주인이 나오는구먼! —   10
〔맥베스 부인에게〕 과인을 향한 봉공이 때로는 부담스러우나,
충정에서 나오는 것이기에 감사한다오. 그래서 하는 말인데,
그대 수고에 대한 보답으로 주께서 과인을 지켜 줄 것이니, 4
과인이 이처럼 폐를 끼치는 것을 달가이 받아 주시오.

맥베스 부인
이처럼 전하께서 저희들의 처소를 찾아 주시니,   15
저희들이 할 바를 일일이 곡절에 곡절을 다하여도,
하해와 같은 성은을 보답하기에는 역불급이옵니다.
이미 누리게 해 주셨던 작위에 더하여
새로운 영예를 내려 주시니, 저희들은 오로지
전하를 위해 기도하는 수도승처럼 살렵니다.   20

---

4 덩컨이 의도하지 않은 아이러니가 담긴 말이다.

덩컨

코더 영주는 어디 계시오? 그 뒤를 바싹 따르며,
앞질러 오려 했소이다만, 워낙 빨리 달리는지라 —
박차만큼이나 예리한 뜨거운 부부애가
영주를 과인보다 앞서 도착하게 만들었구려.
곱고 자상한 안주인, 오늘 밤엔 예서 묵어야겠소.   25

맥베스 부인

전하를 모시는 저희들은, 저희들의 종복들과,
저희들 자신과, 저희들이 소유하는 모든 것을
전하께서 원하시면 언제고 돌려드릴 준비가
되어 있사오니, 괘념치 마시고 분부만 하소서.

덩컨

그대 손을 내어 주오.5 주인에게 인도하시오.   30
과인은 그를 몹시 사랑하고 있고, 계속해서
그를 총애할 것이오. 자, 그럼, 부인 —

모두 퇴장 ⸸

---

5 남자가 여자에게 구애를 할 때, 흔히 "손을 내어 달라"(*Donnez moi votre main*)
  고 하는데, 여기서 덩컨은 격의 없이 친근감을 표시하는 말을 하는 것이다.

1막 7장

맥베스의 성안. 목관악기 소리와 횃불.
연회 준비 책임자와 요리를 나르는 하인들 몇 명 무대를 가로질러 퇴장. 맥베스 등장

맥베스

한번 해치우는 것으로 일이 다 끝나는 것이라면,
빨리 해치우는 게 나아. 시역(弑逆)을 저지른 뒤,
후환이 전혀 없고, 이자 죽고 나서 내 목적이 다
이루어진다면 ― 일격을 가하면, 그것으로 모두
끝나고, 모든 일이 마무리될 수 있다면 ―, 지금,   5
영원한 시간의 모래톱에 지나지 않는 현세에서,
바로 지금, 내세야 어찌되든 결행을 하련만 ―
허나 이 경우에는 항상 현세의 심판이 따르는 법 ―
우리가 살인의 시범을 보이면, 그걸 보고 배운 자가
가르쳐 준 자에게 되돌려 주지. 불편부당한 정의는   10
우리가 만든 독배를 마시라고 그것을 우리 입술에
가져다 대지. 왕은 나를 갑절로 믿기에 여기 온 거야.
첫째로는 내가 그의 근친이고 신하이기 때문에,
나는 그런 짓을 해서는 아니될 처지에 있고, 또
내가 그를 접대하는 입장이니, 그를 살해하려는 자가   15
못 들어오게 문을 잠가야지, 내가 칼을 들 수야 없지.

게다가 이 덩컨이란 자는 왕권을 행사함에 온유함을
잃지 않았고, 국사를 처리함에 있어 선명하였는지라,
그의 덕목들은 천사들의 모습을 하고, 나팔처럼 요란한
음성으로, 군왕 시해라는 저주받은 행위를 논죄할 거야.   20
그리고 연민의 정은, 갓 태어난 발가벗은 아기처럼,
분노의 바람을 타고, 아니면 보이지 않는 대기의 전령인
바람을 타고 달리는 하늘의 아기 천사들처럼,
그 끔찍한 짓을 만인의 눈에 불어넣어 주어,
분노의 광풍마저 삼켜 버릴 눈물을 쏟게 하겠지.   25
내 의도에 박차를 가하는 것은 오로지 왕좌에
뛰어오르고픈 야심뿐이야. 헌데 이 야심이
지나쳐, 저편에 나가떨어지는 건 아닌지 —
〔맥베스 부인 등장〕
웬 일이오? 할 말이 있소?

맥베스 부인
만찬이 거의 끝나가고 있어요. 왜 자리를 떴어요?   30

맥베스
나를 찾습디까?

맥베스 부인
당연하지요.

맥베스
이 일은 더 이상 추진하지 말기로 합시다. 바로 얼마 전에

영예로운 봉작(封爵)을 받았고, 모두가 우러러보게 된 터에,
그 새로운 영광을 누려야지, 그리 빨리 벗어던지면 되겠소?   35

맥베스 부인

그러면 좀 전에 '입었던' 희망은 취해서 걸친 거였나요?
그새 그 희망은 잠이 들었나요? 그래서 이제 깨어나
멋대로 한 짓을 깨닫고, 안색이 파랗게 질려 버렸나요?
이제부터는 당신의 사랑도 그런 거라고 보아야겠어요.
욕망이 이끄는 대로 용기 있게 행하기가 두려운 건가요?   40
인생의 꽃이라고 생각하는 것을 얻기를 바라면서도,1
스스로 생각해도 비겁하게 살아도 좋다는 말씀예요?
속담에 나오는 불쌍한 고양이처럼, 갖고는 싶은데,
가져 볼 엄두가 안 난다고, 푸념이나 하고 지낼 거예요?2

맥베스

제발, 그만— 남자가 할 일이면, 내 못할 것이 없소.   45
그 이상을 하려 들면, 사람이 아닌 게 되오.3

---

1 다시 말해, '왕관을 차지하고 싶은 욕망이 있는데도.'
2 '고양이가 물고기를 먹고 싶기는 한데, 물고기를 잡으려 발을 적시고 싶지는 않다.'
3 "I dare do all that may become a man; / Who dares do more is none." 여기
  서 맥베스가 쓰는 'man'이라는 단어는 두 가지 의미를 동시에 담고 있다. 즉,
  '남자다운 일이라면, 못할 것이 없다'는 말을 하고 난 다음, '그 이상을 하려 들
  면, 인간이 아니다'라고 덧붙임으로써, '사나이다운' 용기에 대한 언급에 이어,
  '인간으로서의' 도리를 말함으로써, 자신에게 용기가 없어서가 아니라, 인간다
  운 도리를 생각해서 시해를 결행할 수가 없다는 말을 하는 것이다. 맥베스 부인
  은 이에 대해 반박을 하는데, 후자의 뜻으로 받아 말을 이어간다.

맥베스 부인

그렇다면, 이 계획을 내게 발설하게 만든 것은4

무슨 짐승이었던가요? 이 일을 할 용기를 냈을 때,

당신은 남자였어요. 또 더 높은 신분을 원했을 때, 5

당신은 더 남자다워지기를 바랐던 거예요. 그때는   50

시간적으로나, 공간적으로나, 적절치 않았음에도,

목적을 성취하려는 의욕이 있었어요. 6 때가 왔는데,

당신은 그만두려고 해요. 젖을 물려 본 경험이 있어,

젖 빠는 아기를 사랑하는 느낌이 어떤 건지 알아요. 7

하지만, 그것이 내 얼굴을 보고 웃고 있는 동안에도,   55

이빨도 안 난 그것 잇몸에서 내 젖꼭지를 빼어 내어,

그것의 뇌수가 쏟아져 내리게 던져 버렸을 거예요.

당신이 이 일을 놓고 한 것처럼, 맹세를 했다면요 —

---

4 여태까지 맥베스가 그의 아내에게 덩컨 시해에 대한 그의 의중을 구체적으로 밝
  힌 적은 없다. 그럼에도 맥베스 부인이 이런 말을 하는 것을 놓고, 연극이 시작
  하기 전에 이미 그런 내용을 담은 대화가 두 사람 사이에 오고 갔음을 전제하고
  이 말을 읽어야 한다든가, 아니면 그런 장면이 생략되었다는 것을 암묵적으로
  시사하는 말이라고 해석하는 학자들도 있다. 그러나 맥베스의 편지를 읽으면
  서, 맥베스 부인은 암암리에 남편이 자신과 같은 생각을 하고 있음을 전해 준
  것으로 받아들였다고 봄이 타당할 것이다.
5 '왕위에 오를 생각을 했을 때.'
6 덩컨이 아직 인버니스에 오기 전인데도, 덩컨을 시해할 생각을 했었다는 뜻이다.
7 맥베스 부부에게 아이가 없는 것은 확실하다. 이는 극의 말미에 맥더프가 하는
  말에서도 새삼 입증된다. 그런데 왜 셰익스피어는 이 말을 맥베스 부인의 입에
  넣었을까? 이는 맥베스 부인을 모성마저 없는 매몰찬 여인으로 부각시키려 함이
  아니라, 수유하는 순간에 어미에게 찾아오는 모정을 이미 경험해 보아서 알고는
  있지만, 여기서 언급하고 있는 가혹한 행위를 하기로 맹세를 하기만 하였다면,
  이를 어김없이 실천하였을 것이라는 점을 강조하기 위함이다.

맥베스
만약에 실패한다면?

맥베스 부인
실패라고요?   *60*
한껏 용기를 내어, 팽팽하게 당겨 놓아요.8
그러면 실패할 리 없어요. 낮에 한 힘든 여정으로
피곤해진 덩컨이 깊은 잠에 빠져들 때를 기다려,
두 시종들에게 술을 흠뻑 먹여 취하게 만들어,
두뇌의 파수꾼인 기억을 흐리게 해 놓을 거예요.   *65*
그러면 판단력은 텅 비게 되고 말 거예요.
그들이 술에 절어, 죽은 거나 다름없이, 돼지처럼
곯아떨어졌을 때, 아무도 지켜 주는 사람 없는
덩컨에게 당신과 내가 무슨 일은 못하겠어요?
술에 취한 그 시종들한테 우리들이 한 일을   *70*
뒤집어씌우면 되잖겠어요?

맥베스
애를 낳으려거든, 사내라야겠소! 당신의
뻗쳐오르는 기운은 사내밖에 낳지 못할 테니 —
잠들어 있는 그 두 시종들에게 피를 묻혀 놓고,

---

8 "But screw your courage to the sticking-place,"
두 가지 은유를 생각해 볼 수 있다. (i) 쇠뇌(십자활)의 줄을 한껏 당겨 걸림쇠
에 걸어 놓으라. (ii) 현악기의 줄을 조여 느슨해지지 않게 줄감개를 꽉 박아 놓
으라. 후자의 경우는 악기에 관련된 은유이고, 전자는 무기와 관련된 은유를
담고 있으므로, 역자는 전자가 합당하다고 생각한다.

덩컨을 죽일 때도 그자들 단검을 사용하면,   75
그자들 소행으로 믿을 것 아니겠소?9

맥베스 부인
누가 감히 달리 생각을 하겠어요?
덩컨의 죽음 앞에서 우리는 슬퍼하면서
방성대곡을 할 텐데 말예요.

맥베스
마음을 굳혔소. 내 온몸의 신경줄은   80
이 끔찍한 일을 저지르려 팽팽히 당겨졌소.10
갑시다. 천연스럽게 사람들 눈을 속여야지.
역심 품은 가슴을 위장된 얼굴로 감춰야지.

두 사람 퇴장

---

9 맥베스의 제안은 그야말로 '눈 가리고 아옹' 하는 것처럼 우스꽝스럽다. 그러나 아
  내의 집요한 설득에 힘입어서만이 아니라, 이미 그의 마음이 시해를 결행하는 쪽
  으로 기울었기 때문에, 스스로 다짐하고픈 마음에 이 말을 한다고 보아야 한다.
10 위 61행에서 사용된 은유의 연장이다.

2막 1장

맥베스의 성안 뜰. 뱅쿠오, 횃불을 든 플리언스를 앞세우고 등장

뱅쿠오
몇 시나 된 것 같으냐?

플리언스
달이 졌는데, 시계 치는 소리는 못 들었어요.

뱅쿠오
달이 지는 건 자정이지.

플리언스
자정은 넘은 것 같아요.

뱅쿠오
내 검을 받거라. ─하늘에도 검약이 있나 보다.   5
촛불들이 다 꺼진 걸 보니 ─이것도[1] 받으렴.
납처럼 무겁게 잠이 쏟아지지만, 잠들면 안 돼.
천지신명이여! 잠들면 찾아드는 그 저주받은

---

1 검 이외의 장구 ─이를테면, 단검을 휴대하기 위한 띠나 갑주.

상념들을² 억눌러 주소서!

〔맥베스와 횃불 든 하인 등장〕

검 이리 다오. 누구냐?   *10*

맥베스

친구일세.

뱅쿠오

아니, 장군, 아직 안 주무시오? 전하께선 취침하셨소.
전하께서 몹시 흐뭇해하셨고, 장군 하인들 숙소에
푸짐한 선물도 보내셨다오. 이 금강석을 장군부인께
전하라셨는데, 더할 나위 없이 자상한 분이라 하시며,   *15*
그지없이 만족스런 마음으로 하루를 마감하셨다오.

맥베스

욕심 같아서는 한껏 대접해 드리고 싶었는데,
준비가 덜 되어 미흡하기 짝이 없었소이다.

뱅쿠오

다 좋았어요. 간밤에 그 세 마녀들 꿈을 꾸었소.
장군께 그것들이 한 말이 일부는 적중했구려.   *20*

맥베스

그것들 생각은 안 하기로 했소. 하지만, 때를 보아
장군이 시간을 내실 수 있으면, 우리 함께

---

2 마녀들과의 조우와 그들이 해 준 말에 대한 언급일 것이다.

그 문제에 대해 이야기를 나누어 보았으면 해요.

뱅쿠오
언제든 편하신 대로 —

맥베스
시의적절하게 장군께서 내게 동조하시면,   *25*
장군께도 영예로운 일이 될 것이외다. ³

뱅쿠오
영예를 더하려다 명예를 잃지 않고, 내 양심에
거리낄 것 없고, 충성심을 청정하게 지킬 수 있다면,
장군의 뜻을 따르리다. ⁴

맥베스
그럼, 푹 쉬시오.   *30*

---

3 맥베스는 일부러 말을 모호하게 하고 있다. 표면상으로는, 짬을 내어 자기와 이
   야기를 나누면 뱅쿠오에게도 이로울 것이란 말이지만, 깊은 뜻을 새겨 보면, 자
   신이 왕위에 오를 수 있는 기회가 왔을 때, 뱅쿠오가 이를 지지하면, 큰 보상을
   해 주겠다는 말도 된다. 그러나 감추어진 뒤의 뜻은 어디까지나 맥베스의 심중
   에 깊이 자리잡고 있는 것을 무의식중에 토로하는 것이라고 보아야 할 것이다.
4 뱅쿠오는 맥베스의 마음속에 자리잡은 야심을 이미 읽고 있다. 홀린스헤드의
   〈연대기〉에서와는 달리, 뱅쿠오는 이 대사에 나타나는 것처럼, 덩컨에게 충성
   스런 신하로 그려졌다. 셰익스피어가 〈맥베스〉를 쓴 것은, 엘리자베스 1세 사
   후, 스코틀랜드의 제임스 4세가 영국의 제임스 1세로 등극함과 때를 같이하여
   공연하기 위함이었다. 제임스 스튜어트가 뱅쿠오의 후손이었으므로, 셰익스피
   어는 뱅쿠오를 덩컨에게 충성스런 신하로 그려 놓았다.

뱅쿠오

고맙소, 장군. 장군도 편히 쉬시오.

뱅쿠오와 플리언스 퇴장 ⚔

맥베스

가서, 마님에게 전해라. 내 취침 술이 준비되면

종을 치시라고 ─ 그만 가서 자거라.

〔**하인 퇴장**〕

내 앞에 보이는 이것이 단검인가? 손잡이가

내 손을 향해 있는 이것이? 자, 너를 잡아 보자.   *35*

손에는 안 잡히는데, 아직도 보이는구나.

소름끼치는 환영아, 눈에는 보이는데 잡을 수는

없는 것이냐? 아니면 너는 열기에 찌든 머리가

지어내는 마음의 단검 ─ 헛것에 불과한 것이냐?

아직도 보이는구나 ─ 내가 지금 뽑고 있는   *40*

이 단검만큼이나 네 형상도 또렷하구나.

내가 가고 있던 길로 나를 안내하는구나.

내가 쓰려던 흉기가 바로 너 같은 것이야.

내 눈이 다른 감각들 앞에서 놀림을 당하는 건지,

아니면 그에 못잖게 온전한지 ─ 아직도 보이누나.   *45*

그리고 네 날과 자루에 핏방울이 돋는데,

좀 전에는 안 그랬지. 이건 헛것에 불과해.

내 눈에 이것이 보이는 건 피를 보아야 하는

그 일 때문이야. 이제 온 세상의 절반에5 걸쳐

대자연도 숨을 멈춘 듯하고, 휘장 속의 잠을   *50*

악몽들이 짓밟는구나. 마녀들은 제례를 열어,
창백한 헤커트를6 위한 제물들을 바치고,
깡마른 살인자는,7 그의 파수꾼인 울부짖는
늑대의 독촉에, 강간하려 가는 타퀸이 그랬듯,8
이렇게 비밀스런 발걸음을 조심스레 옮기면서,   55
유령처럼 목표를 향해 움직여 가는구나.
확고하고 굳게 다져진 대지야, 내가 내딛는
발걸음 소리를 듣지 말거라. 네 돌멩이들이
내 행방을 지껄여대어, 이 시각에 어울리는
소름끼치는 적막을 행여 깨뜨릴까 두렵구나.   60
내가 위협만 하고 있으면, 그자는 살아 있어.
말이 많으면 행동의 열기는 식어 버리고 말아. 〔종소리 들린다〕
가야지. 그럼 끝나. 종소리가 나를 부르는군.
저 소리를 듣지 말거라, 덩컨. 저건 너를
천국 아니면 지옥으로 부르는 소리야. 〔퇴장〕   65

---

5 어둠에 덮인 반구(半球).
6 헤커트(Hecate)는 원래의 발음대로 표기하면 '헤커티'〔hékəti:〕가 맞지만, 원문
  의 이 행에서는 두 음절로 읽어야 하기 때문에 '헤커트'〔hékət〕로 표기했다. 헤
  커트는 그리스 신화에서 천상과 저승과 하계를 지배하는 여신인데, 흔히 마녀들
  의 수장(首長)으로 알려졌다. 또한 달의 여신이기도 하기 때문에 '창백한 헤
  커트'라는 표현이 여기 나온다.
7 원문에서는 "wither'd murder(혹은 *Murther*)"로 되어 있는데, 이는 의인화된 추
  상명사로서, 중세의 도덕극(*morality play*)에 자주 등장했다. 그러나 여기서는
  번역문에서의 자연스러움을 위해 '살인자'로 의역했음을 밝힌다.
8 '타퀸'은 로마의 마지막 임금이었던 Tarquinius를 말하는데, 그는 유부녀 루크레
  티아(Lucretia)를 강간했고, 그녀가 자결한 후, 왕위에서 쫓겨났다.

2막 2장

같은 장소. 맥베스 부인 등장

맥베스 부인

그것들을 취하게 만든 것이 내게 담력을 주었고,
그것들을 꺼지게 만든 것이 내게 불을 붙였어. 쉬!
방금 들은 건 외지르는 올빼미야. 가혹한 밤인사를
고하며 죽음을 알리는 종치기야. 지금 시작했겠지.
문들은 열려 있고, 실컷 처먹은 하인들은, 코를 골며,   5
제 할 일을 조롱하고 있어. 그것들 술에 약을 탔으니,
살 건지 죽을 건지 오락가락하고 있을 테지.

맥베스

〔**무대 밖에서**〕 누구야? 대답해!

맥베스 부인

이런! 그것들이 깨어나서, 일을 그르친 모양이야.
하려다 못하면, 우린 끝장이야. 가만! 그놈들 단도를   10
눈에 뜨이게 놓아두었으니, 못 보았을 리가 없어.
잠들어 있는 모습이 내 아버지 같지만 않았어도,
내가 해치웠을 텐데. 〔**맥베스 등장**〕 아, 여보!

맥베스
끝냈소. 무슨 소리 듣지 않았소?

맥베스 부인
올빼미 외지르는 소리하고 귀뚜라미 우는 소리요.[1]   *15*
무어라고 하지 않았어요?

맥베스
언제?

맥베스 부인
지금요.

맥베스
내가 내려올 때?

맥베스 부인
그래요.   *20*

맥베스
쉬! 그 옆방엔 누가 자오?

---

1 올빼미 소리와 마찬가지로, 귀뚜라미 소리도 불길한 느낌을 자아낸다고 말하는
  학자들도 있으나, 역자의 생각으로는, 그 소리마저 들릴 정도로 사위가 고요함
  을 강조하는 것이라고 보고 싶다.

맥베스 부인
도널베인요.

맥베스
이건 볼 수가 없군. 2

맥베스 부인
볼 수가 없다니, 그런 생각 말아요.

맥베스
한 녀석은 자다가 웃고, 한 녀석은 '살인이야!' 외쳤고, 3   25
그래서 서로 잠을 깨웠다오. 나는 서서 듣고 있었는데,
두 놈은 웅얼대며 기도를 하더니, 다시 잠을 청합디다.

맥베스 부인
두 녀석이4 한 방에 자고 있어요.

---

2 맥베스가 피 묻은 자기 손을 내려다보며 하는 말이라고 생각할 수도 있지만, 살
  인을 저지르고 난 뒤, 부부가 어쩔 줄 몰라 하는 자신들의 모습을 놓고 자탄하
  는 말이라고 생각할 수도 있다.
3 George Lyman Kittredge의 설명에 의하면, 맥베스가 덩컨을 죽이고 왕의 침실
  을 나와 그 옆방을 지날 때, 그 방에서 새어 나오는 소리를 듣고 잠시 멈추었다
  가 다시 잠잠해지자 지나쳐 왔다는 것이다. 아니면, 덩컨과 같은 방에서 술에
  곯아떨어져 있던 두 하인들을 말함인가?
4 Kenneth Muir는 R. W. Chambers의 의견을 따라, 여기서 말하는 '두 녀석'은
  맬컴과 도널베인을 지칭한다고 생각했다. 그렇다면, 앞서 22행에서 맥베스 부
  인은 어째서 도널베인만을 언급했을까?

맥베스

하나가 '주여, 가호를!' 외치자, 다른 녀석이 '아멘!' 하더군.
내 도살자의 손을 보기라도 한 듯 말이오. 그것들이 공포에 질려,   *30*
'주여, 은혜를!' 하는 걸 듣고도, '아멘'이란 말이 안 나옵디다.

맥베스 부인

그렇게 깊이 생각하지 말아요.

맥베스

하지만 왜 내 입에서 '아멘'이 안 나왔을까? 나야말로
은혜가 제일 필요한 사람인데, '아멘'이 목에 걸렸소.

맥베스 부인

이 일은 그렇게 너무 파고들면 안 돼요.   *35*
그랬다간, 우린 미치고 말 거예요.

맥베스

이렇게 외치는 소리를 들은 것 같았소. '이제 잠은 없다!
맥베스가 잠을 죽인다!' 천진스런 잠—
실타래처럼 엉킨 근심을 풀어헤치는 잠—
매일의 삶의 마감, 쓰린 노고를 달래주는 온욕,   *40*
상처받은 마음을 위한 향유, 대자연의 두 번째 궤도, 5

---

5 "great nature's second course,"
    향연에서 두 번째 나오는 요리, 즉 잔치에서 중심이 되는 제일 중요한 음식이라
    는 뜻이라고 생각하는 학자들이 많지만, 그보다는 대자연이 갖는 궤도가 둘 있
    는데, 그 하나는 몸과 마음이 활동을 하는 의식이 깨어 있는 상태이고, 다른 하

삶의 향연에서 으뜸가는 성찬인 잠을—

맥베스 부인
무슨 말을 하는 거예요?

맥베스
계속해서 온 집을 향해 외칩니다. '이제 잠은 없다!
글라미스가 잠을 죽였다. 그러니 코더도 다시는   45
잠 못 이룰 것이다! 맥베스도 잠 못 이룰 것이다!'

맥베스 부인
누가 그렇게 외쳤단 말예요? 정신 차리세요, 여보.
상황을 그처럼 골똘히 생각하면, 당신의 높은 기개를
훼손할 뿐예요. 가서, 물이나 좀 떠다가, 당신 손에서
이 더러운 흔적을 씻어내 버리세요. 어쩌자고 거기서   50
이 단검들을 가져왔어요? 거기 남겨 두었어야죠.
도로 가져가서, 잠든 하인들에게 피칠을 하세요.

나는 활동이 정지된 가사(假死) 상태인 잠이라고 해석하는 것이 좋을 듯하다.
이 구에 앞서 "The death of each day's life, … Balm of hurt minds,"라는 구절
(40행, 41행)이 잇달아 나오는데, 여기서 'death'는 물론이고, 'balm'이라는 단
어도 '죽음'의 심상을 포함하기 때문에, '요리'라는 의미의 단어가 뒤따른다고 보
기에는 무리가 있다. 다만, 맥베스가 'course'라는 단어를 입 밖에 내고 나서,
그의 의식은 자연스럽게 연상작용을 일으키며 '요리'라는 의미를 떠올리게 되고,
곧이어 "삶의 향연에서 으뜸가는 성찬"이라는 구절로 이어지게 되는 것이라고
역자는 생각한다.

맥베스
다시는 안 가겠소. 내가 한 짓을 생각만 해도
끔찍하오. 다시 볼 엄두가 안 나오.

맥베스 부인
매가리 없는 양반! 단검들을 이리 주세요.   55
잠든 사람이나, 죽은 사람이나, 그림과 뭐가 달라요?
그려 놓은 악마는 애들 눈에나 무섭게 보일 뿐예요.
아직 피를 흘리고 있다면, 하인들 얼굴에 피를
묻힐 거예요. 그자들 짓처럼 보여야 하니까요. 〔**퇴장. 곧이어 문 두드리는 소리**〕

맥베스
저 두드리는 소리는 무어야? 내가 왜 이러지?   60
무슨 소리가 날 때마다 질겁을 하니 말야.
이 손은 또 무슨 꼴이지? 하! 눈알을 뽑는구나!
대양의 굽이치는 파도가 내 손에서 이 핏자욱을
깨끗이 씻어 낼 수 있을 것인가? 아니야, 오히려
내 손의 피가 저 너울대는 파도를 물들이며 퍼져,   65
녹색을 온통 붉은색으로 바꾸어 버릴 것이야.

맥베스 부인 등장 †

맥베스 부인
내 손도 당신 손과 같은 색깔예요. 하지만 난 당신처럼
하얀 심장은6 갖고 싶지 않아요. 〔**문 두드리는 소리**〕 남문을 두드리네요.
우리 침실로 가요. 물 조금이면 이 짓을 씻어낼 수 있어요.

얼마나 쉬운 일예요! 당신 평소의 굳건함을 잃었어요. 〔**문 두드리는 소리**〕 *70*
이런, 또 두드리는군! 잠옷을 입어요. 행여 상황이 꼬여,
우리가 잠자리에 들지 않은 게 들통 나면 안 되잖아요.
그렇게 너무 생각에 잠겨 있지만 말아요.

맥베스
내가 한 짓을 깨닫느니, 차라리 내가 누군지 몰랐으면! 〔**문 두드리는 소리**〕
그 소리로 덩컨을 깨워다오. 그럴 수 있다면 얼마나 좋으련!   *75*

두 사람 퇴장

_____

6 "a heart so white"라는 말은 '소심함'을 의미한다.

2막 3장

같은 장소. 문 두드리는 소리. 문지기 등장

문지기

소리 한번 크구나, 제기럴! 지옥문 문지기가 예 있다면,

열쇠 돌리다 세월 다 보내겠다.1 〔문 두드리는 소리〕

쾅 쾅 쾅! 벨제법의2 이름으로 묻는데, 게 누구요?

풍년이 들까 보아 지레 걱정이 돼,

목매달아 죽은 농부 녀석인 게로구나.3   5

제때 왔구나.4 수건이나 넉넉히 준비하거라.

---

1 중세의 신비극(*mystery play*) 중의 하나인 *Harrowing of Hell*에서 그리스도가 지
  옥의 문을 두드리는 장면이 나오는데, 익살스런 문지기가 등장한다. 이 장면은
  그것과 연관시켜 볼 수 있다.

2 Belzebub(또는 Beelzebub)은 악마의 수장인 Lucifer 수하의 총참모장에 해당하
  는 악마.

3 흉년이 들면 곡물 값이 오를 것을 예상하고 많은 양을 비축하여 두는 농부들이
  가끔 문학 작품에서 풍자와 희화의 대상이 되고는 했다. 벤 존슨의 *Every Man
  out of His Humor*에 등장하는 쏘디도라는 이름을 가진 농부는 월력을 보고 흉작
  이 들 것을 예상하고 곡물을 잔뜩 저장해 둔다. 흉년이 들면 폭리를 취하려던
  계획이 실패하자, 쏘디도는 목을 매어 죽으려 하지만, 이웃 사람들이 그를 살려
  낸다. 다시 살아난 쏘디도는 밧줄을 끌러 그를 구하는 대신, 아까운 밧줄을 끊
  어 버렸다고 투정을 한다.

4 "come in time;"(Hardin Craig)

네가 한 짓 때문에 예서 땀깨나 흘릴 테니까. 〔문 두드리는 소리〕

쾅 쾅! 다른 악마의 이름으로 묻는데, 게 누구요?

옳지, 저울 두 개 가지고 이랬다저랬다 말 바꾸는

간살꾼이로구나. 네놈은 하느님을 위한답시고   *10*

대역죄를 저질렀어도, 하늘을 속이진 못했구나. 5

자, 들어오시게, 혓바닥 놀리는 양반. 〔문 두드리는 소리〕

쾅 쾅 쾅! 게 누구요? 옳지, 프랑스풍 바지랍시고

치수를 속여먹은 영국 재단사께서 오셨구먼. 재단사 양반,

들어오시게. 예서 몸에 난 종기를 지져 버릴 수 있단 말야. 6

"Come in time!"(G. Blakemore Evans)

"Come in time,"(G. B. Harrison)

"come in, time-pleaser;"(Kenneth Muir)

조금씩 다르게 나타나는 위의 텍스트 중에서 Kenneth Muir의 것이 두드러지게
다른데, 이는 폴리오 판에 나타나는 'time'을 'time-pleaser'라는 합성어로 대체한
결과이다. 나중에 나오는 "come in, equivocator"와 "come in, tailor"와 평형을
이루도록 하기 위함이라고 Kenneth Muir는 설명하지만, 굳이 뒤에 나오는 말
에 근거하여 앞의 대사를 수정하는 것에 역자는 동의할 수가 없다. "come in
time"이 그 자체로 의미가 통하는 한, 그대로 살리는 것이 정도일 것이다.

5 이 부분은 1606년에 있었던 역사적 사실에 대한 언급이라고 학자들은 말한다.
즉 예수교도인 Henry Garnet라는 사람이 1605년에 있었던 제임스 1세 암살 시
도였던 '폭약음모'와 연루되었다는 죄목으로 대역죄의 심판을 받았는데, '이중의
미(二重意味)의 교리'(*the doctrine of equivocation*)에 근거하여 자기변론을 하였
다 한다. 그의 다른 이름이 'Farmer'였으므로, 바로 앞에 언급된 '농부'와 연결
지어 볼 수도 있다.

6 "here you may roast your goose."
여러 가지 의미로 해석한다. (i) 다리미가 거위 모양을 하고 있으므로, 뜨거운
지옥에서 다리미를 달굴 수 있다. (ii) 황금알을 낳는 거위가 있었는데, 주인이
서둘러서 부자가 되고 싶어 그 거위를 죽여 요리를 했다. (iii) 매독에 감염되면
몸에 부스럼이 나는데, 그때 솟아오른 종기를 'goose'라고 불렀다. 어느 하나로
단정 짓기가 힘든 노릇이지만, 여기서 프랑스풍의 바지에 대한 언급이 나왔기

〔**문 두드리는 소리**〕 *15*

쾅 쾅! 이런, 잠시도 잠잠해지질 않네! 당신은 또 누구요?

여기는 지옥치고는 너무 춥단 말씀이야.

이제 지옥문지기 노릇도 집어치워야겠어.

앵초꽃 길을 걷다 영원히 타오르는 불길 속으로

들어갈 여러 직종 사람들을 추려 들이려 했는데 ─〔**문 두드리는 소리**〕 *20*

가요! 간다구요!〔**문을 연다. 맥더프와 레녹스 등장**〕

이 문지기를 기억해 주시구려. 7

맥더프

자네 간밤에 늦게 잠자리에 들었나? 이렇게 꾸물대니 ─

문지기

사실 말씀입죠, 나으리, 두 번째 닭이 울 때까지 마셨어요.

헌데 말씀입죠, 나으리, 술은 세 가지를 자극합지요. *25*

맥더프

그래, 술이 특별히 자극하는 세 가지라는 게 무언가?

때문에, 역자는 마지막 뜻으로 읽고 싶다. 흔히 매독을 'French pox'라고 불렀기 때문인데, 유행을 핑계 삼아 옷감 치수를 속여서 이득을 본 재단사라면, 그에 대한 벌로 '프랑스 역질'인 매독에 걸렸다고 전제해 놓고, 뜨거운 지옥의 열기로 그 종기들을 구워서 터뜨릴 수 있다("roast your goose")는 뜻으로도 해석할 수 있기 때문이다.

7 문을 열어 주었으니 동전 한 닢 달라는 말. 아니면, 관객들을 향해 하는 말.

문지기

그야, 나으리, 빨간 코,8 잠, 그리고 오줌 아닙니까?
나으리, 술은 음욕을 자극하지만, 잠재우기도 합니다.
욕망을 일깨우긴 하지만, 실행에 옮기지 못하게 하죠.
그런 연유로, 과음은 음욕에 관한 한, 두말하는 놈예요.   30
한껏 부풀려 놓았다가, 막판에 망쳐 버리는 놈예요.
발동을 걸어 놓고 나서, 김빠지게 만들어 버리고 말죠.
잘될 거라고 격려했다가, 실망시켜 버리고 말아요.
세워 놓게 만들었다가, 맥없이 사그라들게 만들죠.
결론적으로, 잠 속에서 오락가락하게 만들고,   35
될 듯 말 듯 속이기나 하다가, 떠나 버리고 말죠.9

맥더프

자네도 간밤에 술의 술수에 넘어간 모양일세.

문지기

바로 그랬습죠, 나으리. 그대로 한 방에 나가떨어졌습죠.
하지만 저도 반격을 했는데, 제 생각키로는, 술보다
제가 훨씬 강해, 술이 제 다리를 이따금씩 들어 올렸지만,   40

---

8 술을 많이 마시면 '딸기코'가 된다는 의미도 있지만, 술에 취해 오입질을 하면
  성병—특히 매독—에 걸려 코가 빨갛게 된다는 말인 것 같기도 하다. 이어서
  나오는 대사는 주로 음주가 성행위에 미치는 영향에 관해 문지기가 일가견을 토
  로하는 것이기 때문이다.
9 "giving him the lie, leaves him." 여기서 'lie'는 두세 가지 의미를 동시에 함축
  한다. (i) '속인다.' (ii) '늘어져 잠들어 버리게 만든다.' (iii) '성행위를 할 기회
  를 준다.' 결국, 지저분한 말장난에 불과하므로, 번역도 어중될 수밖에 없다.

제가 몸을 살짝 틀어 그놈을 자빠뜨렸지요.10

맥더프
자네 주인께서는 기침하셨는가? 〔맥베스 등장〕
문 두드리는 소리에 깨신 모양일세. 예 오시는군.

레녹스
영주님, 안녕히 주무셨습니까?

맥베스
안녕히들 주무셨소?   45

맥더프
전하께선 기침하셨나요?

맥베스
아직은—

맥더프
때맞추어 깨워 달라고 저에게 분부하셨지요.

---

10 여기서 사용된 이미지는 레슬링 시합에서의 상황이다. 술이 문지기의 다리를 이
  따금씩 들어 올렸다는 말은, 개가 하듯, '가끔 소변을 볼 수밖에 없었다'는 말도
  되고, 자기가 술을 자빠뜨렸다는 표현—"I made a shift to cast him"—에서
  'cast'란 단어는 '토한다', 혹은 '싸 버린다'는 의미도 동시에 전달한다. 그러나
  '싸 버린다'고 했을 때, 그것이 오로지 오줌만을 의미하는 것인지는 의문스럽다.
  혹시 성행위와 결부시켜 읽을 수는 없을까?

하마터면 늦을 뻔했습니다.

맥베스

안내해 드리리다.   *50*

맥더프

전하의 이번 방문이 즐겁기는 했겠습니다만,¹¹
역시 수고스러운 일임에는 틀림이 없지요.

맥베스

즐거이 하는 일은 힘들지 않은 법예요. 이 문이오.

맥더프

조심스럽지만 깨워 드려야겠소.
내게 특별히 분부하셨으니 ― 〔**퇴장**〕   *55*

레녹스

전하께서는 오늘 떠나시나요?

---

11 "I know this is a joyful trouble to you;"
여기서 'this'는 덩컨의 침소로 맥더프를 안내하는 일을 말함이라고 생각하는 학
자들 ― 이를테면 George Lyman Kittredge ― 도 있지만, 아무래도 덩컨 일행을
영접한 일 전체를 언급하는 것이라고 보는 것이 옳을 것이다. 덩컨을 깨우려고
온 맥더프가 성주인 맥베스의 안내를 받는 것은 지극히 당연하고 예법에도 맞는
일이다. 성주가 안내해 주는 것에 대해 굳이 'joyful trouble' 운운하는 것이라고
생각한다면, 그런 말은 오히려 어색할 뿐만 아니라, 마치 무슨 복선이라도 깔려
있는 듯한 인상마저 준다.

맥베스
그렇소. 그리하실 계획이시오.

레녹스
간밤은 참 소란스러웠어요. 우리들 숙소에서는
굴뚝이 바람에 불려 넘어갔고, 사람들 말로는,
울부짖는 소리가 허공에서 들렸대요. 죽음을 알리는   60
기이한 비명과, 기괴한 음성으로 고난에 찬 세월에
새로이 닥쳐올 무서운 소요와 혼란을 예언하는 듯,
올빼미가 밤을 새우며 울어댔다는 거예요.
대지가 열병을 앓으며 흔들렸다고도 해요.

맥베스
험난한 밤이었소. 12   65

레녹스
젊은 저의 기억으로는 처음 겪는 일이었습니다.

맥더프
〔들어오며〕 오, 무서운 일이오! 무서운 일!
생각할 수도, 말할 수도 없는 일이오!

---

12 단순히 날씨가 험했다는 데에 그치지 않고, 맥베스에게는 지옥과 같은 밤이었음
   을 동시에 말하고 있다.

맥베스와 레녹스
왜 그러시오?

맥더프
혼돈이 극에 이르렀소! 극악무도한 살인이   *70*
주께서 지정하신 성소를13 침범하여, 거기서
성체의 생명을 훔쳐가 버렸소!

맥베스
무어라셨소? 생명요?

레녹스
전하 말씀이오?

맥더프
침소에 들어가, 두 눈으로 직접 보시구려.   *75*
나보고 말하라지 말고, 보고나서 말해요.
〔**맥베스와 레녹스 퇴장**〕
일어나라! 일어나! 경종을 울려라! 살인이다! 반역이다!
뱅쿠오! 도널베인! 맬컴! 일어나시오!
편한 잠, 죽은 시늉하는 잠일랑 떨쳐 버리고,
진짜 죽음을 보란 말이오! 어서 일어나,   *80*
말세를 직시하란 말이오! 맬컴! 뱅쿠오!

---

13 신의 권한을 위임받아 인간을 다스리라고 주께서 성유를 부으신 신성불가침의
  옥체, 즉 임금의 몸.

거짓 무덤에서 일어나, 정신이 있거들랑,
이 끔찍한 광경을 보란 말이오! 종을 쳐라! 〔**종 치는 소리**〕

맥베스 부인 등장 †

맥베스 부인
무슨 일예요? 이렇게 요란하게 종을 울려
잠자는 사람들을 깨우다니, 무슨 일예요?   *85*

맥더프
부인, 차마 말씀드릴 수가 없습니다.
부인의 귀에 이 일을 되풀이하여 말하는 건,
듣는 분을 살해하는 것과 다르지 않습니다.
〔**뱅쿠오 등장**〕
아, 뱅쿠오! 뱅쿠오! 전하께서 살해당하셨소!

맥베스 부인
아니, 이럴 수가! 우리 집에서요?   *90*

뱅쿠오
어디에서건, 끔찍한 일이지요.[14] 맥더프, 제발,
한 말을 뒤집어, 사실이 아니라고 말해 줘요.

---

14 뱅쿠오가 이런 말로 맥베스 부인의 말에 반응을 할 때, 뱅쿠오는 이미 덩컨 시
  해의 장본인이 누구인지 짐작하고 있는 것은 아닐까?

맥베스, 레녹스, 로스 등장 †

맥베스

이런 변을 겪기 전 한 시간만 앞서 죽었더라면, 15
복된 삶을 살았다 했으련만! 지금 이 순간부터는
인생살이에 중요한 건 아무것도 없소이다.   *95*
모든 것이 헛것이외다. 명성도, 은총도, 사라졌소.
생명의 포도주는 다 말랐고, 하잘것없는 재강만
하늘의 궁륭 아래 남아 으스대게 되었구려. 16

---

15 "Had I but died an hour before this chance,"
여기서 'this chance'는 두 가지 의미를 동시에 전달한다. 사람들 앞에서 맥베스
는 짐짓 경악을 금치 못하면서, '덩컨의 죽음을 목격하기 한 시간 전에만 죽었
어도'라는 뜻으로 말하고 있다. 그러나 말을 하고 있는 맥베스 자신에게는 'this
chance'는 '덩컨을 시해한 순간'을 의미할 수도 있다.

16 "and the mere lees / Is left this vault to brag of."
여기서 'vault'는 서너 가지 의미를 동시에 담고 있다. (i) 포도주를 저장하는 지
하 토굴; (ii) 지하 납골당; (iii) 하늘을 천장으로 하는 이 세상; (iv) 천공 그 자
체. 그런데 왜 맥베스는 세상을 포도주를 저장하는 지하 토굴에 비견하는 것일
까? 덩컨의 몸에서 붉은 피가 흘러나온 것을 맥베스는 포도주가 고갈된 것에 비
유한다. 그리고 포도주를 저장하는 지하 토굴을 언급하고 나자, 맥베스의 의식
은 자연히 지하 납골당으로 옮겨 간다. 그러나 생각이 이에 미치자, 인간들이
사는 하늘 아래 온 세상도 지하 토굴과 다름이 없다는 생각이 든다. 맥베스는 이
대사를 통해 거짓 놀라움과 슬픔을 표현하려 하지만, 아이러니컬하게도 앞으로
그의 의식세계를 지배할 암담한 인생관을 마치 예언을 하듯 들려주고 있다. 나
의 번역은 맥베스가 가식적으로 주위 사람들에게 말하는 것으로 읽히지만, 원문
을 보면 이것이 과연 주변 사람들에게 하는 말인가, 아니면 맥베스 내면에 일고
있는 생각을 독백처럼 — 아니면 방백으로 — 들려주는 것인가, 잘 구분이 안 될
정도로 중압감을 가지고 관객에게 다가온다.

맬컴과 도널베인 등장 †

도널베인
무슨 일이 생겼나요?

맥베스
바로 그대에게요. 17 그대 모르게 닥친 일이오.　　　　　　　　　*100*
그대 몸에 흐르는 피의 원천이 솟기를 멈췄소.
샘의 근원 자체가 말라 버렸단 말이오.

맥더프
전하께서 살해당하셨다오.

맬컴
누가 그런 짓을?

레녹스
보이는 바로는, 침소에서 시중들던 자들예요.　　　　　　　　　　*105*
그자들 손과 얼굴이 온통 피범벅이었어요.
피 묻은 단검들이 그자들 베개 위에 있었고,
그자들은 얼이 빠져 멍하니 쳐다볼 뿐이었어요.
그것들한테 생명을 맡겨선 안 될 노릇이었는데 ―

---

17 아버지가 살해당했으므로.

맥베스

아, 치솟는 분노를 억누르지 못하고,   *110*
내가 그자들을 죽인 것이 후회가 되오.

맥더프

어쩌자고 그러셨소?

맥베스

황망한 가운데 현명하고, 격분해서도 차분하고,
충성스러우면서도 냉정할 자가 있겠소? 없소.
주군을 향한 내 격렬한 사랑이 너무 조급하여   *115*
절제를 종용하는 이성을 앞질렀다오. 거기 덩컨이
누워 계셨소. 하얀 피부가 붉은 피로 수놓여 말요.
그리고 그분 옥체에 난 칼자국들은, 파멸이 무엄하게
뚫고 들어오며 대자연에 입힌 상흔처럼 보였소.
그 자리에 자객들은 피로 범벅이 된 상태로ㅡ   *120*
그것들의 단검 또한 피에 흠뻑 젖은 채ㅡ있었소.
주군을 사랑하는 심장을 가졌고, 그 심장이 사랑을
입증할 용기를 담았다면, 참고 있을 자가 누구요?

맥베스 부인

나를 좀 데려가 줘요!18

---

18 이 말을 하며 맥베스 부인이 졸도하는 시늉을 하는 것인지, 아니면 정말 졸도하
  는 것인지, 해석이 엇갈리지만, 이는 연출자가 결정할 일이다. 남편이 궁경에
  몰리는 것을 보고, 관심을 자기에게 돌리고자 하는 거짓 연극일 수도 있고, 남
  편의 말을 들으며 자신이 종용하였던 덩컨 시해가 현실로 다가옴에 그 무서운
  현실을 감당하지 못하고 실신한다는 해석, 둘 다 가능하다.

맥더프

부인을 돌보시오.   *125*

맬컴

〔도널베인에게〕 누구보다 우리와 관계되는 일인데,

어째서 우리는 아무 말도 못하고 있는 것일까?

도널베인

〔맬컴에게〕 지금 무슨 말이 필요해요? 송곳 구멍에 숨은

우리들 운명이 언제 튀어나와, 우리를 잡을지 모르는데 ―

도망치자구요. 지금은 눈물을 흘릴 때가 아녜요.   *130*

맬컴

〔도널베인에게〕 우리의 큰 슬픔도 일 겨를이 없구나.

뱅쿠오

부인을 돌보아 드리시오. 〔**맥베스 부인 무대 밖으로 옮겨진다**〕

그리고 찬 공기에 떠는 몸을 옷으로 감싼 뒤 만나,

이 무도한 행위를 조사해 사태를 파악토록 합시다.

두려움과 의혹으로 우리 모두 떨고 있소.   *135*

나는 주님의 위대하신 손안에 서서, 아직 전모가

드러나지 않은 흉측한 음모에 대항해 싸울 것이오. 19

---

19 이 말을 할 때 뱅쿠오는 맥베스가 맬컴을 살해하려 들지도 모른다는 우려를 하
   고 있다고 Kenneth Muir는 지적했다.

맥더프
나도 그리할 것이오.

모두
우리 모두 그럴 것이오.

맥베스
서둘러 무장을 하고,[20] 회의실에서 만납시다.   *140*

모두
그렇게 합시다.

맬컴과 도널베인만 남고 모두 퇴장 †

맬컴
어찌할 거야? 저자들과 어울리는 건 안 좋아.
마음에 없는 슬픔을 보여주는 건 거짓된 자가
쉽사리 하는 짓이지. 나는 영국으로 가겠어.

도널베인
나는 아일랜드로— 우리가 서로 떨어져 있는 것이   *145*

---

20 "Let's briefly put on manly readiness,"
  여기서 'manly readiness'는 '전의'(戰意)를 의미할 수도 있다. 그러나 'briefly
  put on'이라는 말에는 '간단하게 (아니면, 서둘러서) 무장을 한다'는 의미가 강
  하게 풍겨진다.

우리 둘에게 더 안전할 거요. 우리가 있는 곳에선
사람들 미소에 비수가 있다구요. 가까운 혈육일수록
더욱더 위험할 뿐예요.²¹

맬컴
이 시위를 떠난 위험천만한 화살은 아직도
허공을 가르는 중이고, 우리가 살아남으려면,   *150*
그걸 맞지 않아야 돼. 그러니, 말에 오르자.
석별의 정을 나누며 꾸물댈 시간 없어. 튀자.
무자비한 도륙이 기다리고 있을 때에는,
이렇게 몰래 도망치는 게 당연한 노릇이지.

두 사람 퇴장 ⸸

---

21 맥베스가 맬컴 형제들에게는 당숙이 되므로 혈연으로 보자면 가깝지만, 그네들
의 생명을 위협하는 위험한 존재이다.

2막 4장

맥베스의 성 밖. 로스와 노인 등장

노인
칠십 년을 살아오며 있었던 일을 잘 기억해요.
그 세월을 지내오는 동안 무서운 시간들이며,
기이한 일들을 겪었소이다만, 험악했던 간밤에
비하면, 앞서 있었던 일은 아무것도 아녜요.

로스
허, 노인장, 보시다시피, 인간의 짓거리가 노여운지,   5
하늘이 인간계를 피로 겁박하는구려. 시계를 보면
낮인데, 밤 같은 어둠이 태양빛을 질식시키는구려.
찬란한 햇살이 입맞춤을 해야 할 대지의 얼굴을
어둠이 감싸 버린 것은, 밤이 승해서이오이까,
아니면 낮이 수치스러워이오이까?   10

노인
간밤에 자행된 짓만큼이나 기이한 노릇예요.
지난 화요일엔, 드높이 날고는 하던 매가
생쥐나 사냥하는 올빼미에게 채여 죽었다오.

로스
또 덩컨 임금님의 말들이 — 괴이하지만 확실한 일인데 —
잘생기고 잘도 달려, 말 중에서 으뜸이라 할 그 말들이,   15
갑자기 광폭해지어, 우리를 뛰쳐나와 날뛰는 것이었는데,
아무리 하여도 어거할 수가 없었고, 마치 인간들을 상대로
전쟁이라도 벌이려는 것 같았다오.

노인
사람들 말로는 서로 잡아먹었답디다.

로스
그랬어요. 내 눈으로 보고도 믿기질 않았죠.   20
마침 맥더프 공께서 오시는군. 〔**맥더프 등장**〕
세상이 어떻게 돌아가고 있나요?

맥더프
그래, 보면 모르시오?

로스
누가 이 극악한 짓을 했는지 밝혀졌나요?

맥더프
맥베스가 죽인 자들이랍디다.   25

로스
이럴 수가! 무슨 소득이 있다고?

맥더프

사주받은 것이겠지요. 전하의 두 아들 맬컴과 도널베인이
몰래 도주했어요. 그래서 그들에게 혐의가 가게 됐어요.

로스

이 또한 자연의 법도에 어긋나는 노릇—
아, 한량없는 야심이로구나! 자신들의 생명의   *30*
근원마저 먹어 치우다니 —1 그렇다면 십중팔구
왕권은 맥베스 장군에게 돌아가겠습니다그려.

맥더프

이미 추대되었고, 즉위하려 스콘으로2 향발했소.

로스

덩컨의 시신은 어디 모셨나요?

---

1 "that wilt ravin up / Thine own life's means!"(Craig, Harrison)
　 "that will ravin up / Thine own live's means!"(Evans)
　 "that will ravin up / Thine own life's means!"(Muir)
　 George Lyman Kittredge는 이 부분을 해석함에 있어 역자와 생각을 달리한다.
　 Kittredge는 이 부분을 '부왕을 살해함으로써 왕위계승의 기회마저 스스로 저버
　 리고 말았다'는 뜻으로 읽었다. 그러나 그에 앞서 나온 구절, "Gainst nature
　 still!"에 나타난 생각의 연장선상에서 이 구절을 읽어야 한다고 역자는 믿는다.
　 '생명의 원천인 부친을 살해함'은 '자연의 법도에 역행하는' 것이라는 뜻으로 읽
　 어야 한다. 〈리어왕〉에서 리어가 그의 배은망덕한 두 딸 고너릴과 리건을 지칭
　 해서 "those pelican daughters"라는 표현을 쓰는 것을 기억하면 좋을 것이다.
　 펠리칸은 자라면서 제 어미를 잡아먹는다고 한다. 낳아서 길러 준 어미를 잡아
　 먹는다는 모티프는 여기서도 다시 사용되고 있다.
2 Scone은 스코틀랜드의 고대 왕도인데, 그곳에 있는 '운명의 돌' 위에서 스코틀
　 랜드 역대 왕들의 대관식을 거행하였다고 한다.

맥더프

콤킬로3 모셔갔어요. 그분 조상들이 잠들어 계신   *35*

성소이자, 유골들이 보존되어 있는 곳이지요.

로스

스콘에 가시겠습니까?

맥더프

천만에요. 난 파이프로4 가려오.

로스

나는 스콘에 가보렵니다.

맥더프

게서 일이 잘돼 가는 걸 보시기 바라오.5 잘 가시오.

새로 걸치는 옷이 헌 옷보다 거북해서는 안 되지요!6 〔**퇴장**〕7

---

3 Colme-kill은 헤브리디스 군도 중의 한 섬으로, 역대 스코틀랜드 왕들의 납골당
  이 있는 곳.
4 Fife는 맥더프의 영지.
5 맥더프의 이 말을 액면 그대로 받아들여서는 안 된다. 다분히 야유조로 하는 말
  이기 때문이다.
6 맥더프는 로스에게 비꼬는 식으로 말하고 있다. 행여 새로 등극하는 맥베스의
  눈 밖에 날까 보아 스콘의 즉위식에 참석하겠다는 로스의 말에, 새 임금의 총애
  도 받아야 할 터이니 어련하겠느냐는 야유의 말로 들린다. '구관이 명관'이라는
  말이 사실로 판명되지 않기를 바란다는 의미로 하는 말이라고 해석하는 경우를
  보았는데, 이는 맥더프의 마음에 자리잡고 있는 맥베스에 대한 불신이 담긴 어
  조를 감지하지 못한 결과이다.
7 원문에는 이 장이 끝날 때, 세 사람이 함께 퇴장하는 것으로 되어 있으나, 여기서
  와 같이, 맥더프가 냉소적인 말을 내뱉고 곧 퇴장하는 것이 자연스러울 듯하다.

로스
노인장, 잘 가시오.

노인
주님께서 은총을 베푸시기를 — 그대는 물론이고,
악에서 선을 찾고, 적을 벗으로 삼는 모든 이들에게!8

두 사람 퇴장

---

8 노인은, 맥더프와 비교해 볼 때, 로스는 시류에 민감하고 출세지향적인 인물임
을 간파한 듯하다. 그러나 과연 노인의 이 덕담을 야유로 읽어야만 할 것인지는
의심해 볼 여지가 있다. 불의에 대한 항거보다는, 주어진 상황에서 최선을 도출
해 내도록 축원하는, 한 세상 다 산 노인이 하는 말로 읽어도 큰 무리는 없다.

3막 1장

포레스. 왕궁. 뱅쿠오 등장 ⚔

뱅쿠오
자네 이제 다 이루었군—임금, 코더, 글라미스, 모두—
마녀들이 약속했던 그대로 말야—하지만,
내 생각키론, 자네 아주 몹쓸 방법을 쓴 것 같아.
헌데, 왕관이 자네 후손들한테 대물림하지 않을 게고,
수많은 왕들의 뿌리이자 시조는 바로 나라고 했어.   5
마녀들 말이 사실이라면—맥베스, 자네한테
그것들이 한 말이 적중한 것처럼 말야—그렇다면,
자네한테 해 준 예언이 들어맞은 걸로 보아,
내게 주는 신탁이기도 하니, 희망을 가져도 되잖겠나?
그만, 입을 다물어야지.   10

주악.
왕관을 쓴 맥베스, 맥베스 부인, 레녹스, 로스, 귀족들, 귀부인들, 시종들 등장 ⚔

맥베스
우리 주빈이 여기 계시군.

맥베스 부인

우리 주빈 모시는 걸 잊었더라면,

우리 연회 한 군데가 텅 비게 되어,

전체적으로 보아 미흡할 뻔했어요.

맥베스

장군, 오늘 밤 연회가 있을 것이니, 부디 참석해 주오.   *15*

뱅쿠오

전하께서 분부만 하시면, 신하의 본분을 알고 있는

소신은 충심으로 분부하시는 바를 이행하겠습니다.

맥베스

오늘 오후에 출타할 예정이시오?

뱅쿠오

예, 그렇습니다.

맥베스

그렇지만 않았다면, 오늘 있을 회의에서,   *20*

언제나 진중하고 유익한 장군의 충고를

듣고자 했었는데 — 허나 내일이 있잖소?

말 달려가실 곳이 머오?

뱅쿠오

지금 떠나면 만찬이 시작할 때까지는 족히

걸릴 만한 거리입니다. 말 달리는 것이 시원찮으면,   *25*

해 지고 나서 한두 시간은 더 걸릴지 모르겠습니다.

맥베스
연회에 꼭 참석토록 하시오.

뱅쿠오
전하, 그리하겠습니다.

맥베스
듣자 하니, 과인의 잔악한 조카들이 영국과 애란에
피신해 있는데, 자기들의 극악무도한 부친 살해를   30
자백하기는커녕, 괴이한 이야기를 지어내어
주변에 퍼뜨린답디다. 허나 그 문제에 관해서는,
내일 국사를 의논할 때 아울러 다루기로 합시다.
서두르시오. 그럼, 밤길에 무사하시길 비오.
플리언스도 동행하오?   35

뱅쿠오
그렇습니다. 시간이 되어 출발해야겠습니다.

맥베스
타고 가는 말들이 빠르고 건각이길 바라오.
그래야 안심하고 그대를 맡길 수 있잖겠소?[1]

---

1 'I wish your horses swift and sure of foot; / And so I do commend you to
  their backs.'
  겉으로는 예사말처럼 들리지만, 맥베스가 의도했든 아니했든, 아이러니를 담은
  말이다.

잘 다녀오시오. 〔뱅쿠오 퇴장〕
저녁 일곱 시까지 모두 자유 시간을 갖도록 하오.   *40*
오늘 저녁 만날 때 더욱 반가울 수 있도록,
과인도 만찬 때까지 혼자 있도록 하겠소.
그러면, 그때까지 좋은 시간 보내시오.
〔**맥베스와 하인만 남고, 모두 퇴장**〕
이봐, 명한 대로, 그자들 대령하고 있느냐?

하인
그러하옵니다, 전하. 궐문 밖에 있습니다.   *45*

맥베스
이리 데려오거라. 〔**하인 퇴장**〕
왕좌에 굳건히 자리잡기 전에는, 왕이랄 수 없지.
뱅쿠오에 대한 내 두려움은 깊이 박혀 있고,
그의 군왕다운 성품에는 범접 못할 위엄이 있어.
담력이 대단하고, 두려움을 모르는 기질과 더불어,   *50*
용맹을 안전하게 발휘하도록 이끄는 슬기도 있어.
내가 두려워하는 존재는 이자 말고는 아무도 없어.
그리고 이자 밑에서 내 기운은 맥을 못 추어.
마크 안토니의 기운이 씨저에게 억눌렸던 것처럼 —
마녀들이 처음 내게 왕이라는 호칭을 씌워 주었을 때,   *55*
뱅쿠오는 그것들을 꾸짖고, 자기에게도 말을 하랬지.
그러자, 예언자들처럼, 마녀들은 그가 잇달아 태어날
왕들의 시조가 될 것이라고 했어. 그것들은 내 머리에
열매도 맺지 못할 왕관을 씌워 주었고,

내 손에는 불모의 왕홀을 쥐어 준 것이니,   60
나를 잇는 아들이 아닌, 내 혈통과는 무관한 자에게
탈취당하고 말 것이란 말야. 그렇다면, 나는
뱅쿠오 자손들을 위해 내 마음을 더럽힌 것이지.
그것들을 위해 내가 그 온유한 덩컨을 살해했고,
그것들을 위해 내 평화의 술잔에2 원한을 담았던 거야.   65
또 그것들이 — 뱅쿠오가 뿌리는 씨들이 — 왕이 되라고
내 영원한 보석을3 인류의 공적(公敵)에게4 주어 버린 거야.
그렇게 될 바엔 차라리, 운명아, 한판 겨루어 보자꾸나.
끝장을 볼 때까지 나와 맞닥뜨려 보거라.5
— 거기 누구냐? 〔하인과 자객 둘 등장〕   70
자, 문밖으로 가서 부를 때까지 기다려라. 〔하인 퇴장〕
우리가 이야기를 나눈 것이 어제가 아니었던가?

자객 1
그러하옵니다, 전하.

---

2 성례 성찬 예배에서 사용하는 술잔을 말함.
3 영혼을 말함.
4 악마를 말함.
5 "Rather than so, come, fate, into the list, / And champion me to th'utterance!"
여기서 맥베스는 운명을 향해 마상시합장에 나와서 자신과 한판 겨루어 보자고
도전한다. 따라서 'champion me'가 의미하는 것은 '나를 수호해 달라'가 아니라,
'나를 상대로 싸워라'이다. 이 대사는 작품 결미에 마녀들이 해 준 말들이 모두
기만에 불과했다는 사실을 깨닫고 나서도, 맥더프를 상대로 끝까지 혈투를 벌이
는 맥베스의 마지막 모습을 예고한다.

맥베스

그렇다면, 내가 한 말을 좀 생각해 보았나?

지난날 자네들을 불운한 처지로 몰았다고   75

자네들은 죄 없는 과인을 원망했지만, 실은

그자가 장본인이라는 걸 이제는 알았겠지.

지난번 만났을 때, 내가 분명히 말해 주었어.

그 증거를 하나씩 대어, 자네들이 어떻게 속았고,

좌절했고, 이용만 당했고, 누가 다 조종을 했는지.   80

그 밖에 모든 상황을 고려해 볼 때, 바보 아니면

얼빠진 미치광이라도, 이렇게 말할 것이라고 ―

'그건 뱅쿠오 짓이야.'6

자객 1

저희들이 알아듣게 말씀해 주셨습니다.

맥베스

그랬지. 그리고 한 걸음 더 나아가 말한 게 있는데,   85

그걸 다시 이야기하려 오늘 만난 걸세. 자네들은

이 사태를 방치할 정도로 참을성이 많은 건 아니겠지?

자네들 신앙심이 돈독한 나머지, 자네들을 거의 죽을

지경에까지 몰아가고, 자네들 후손을 빈곤에 처넣은

이 멋진 남아와 그의 후손들을 위해 기도하려는가?7   90

---

6 인생의 막장에 이른 자객들을 앞에 놓고, 한때는 전장을 함께 누비던 뱅쿠오를
  살해하라는 지시를 내리며, 구차스럽게 뱅쿠오에 대한 적의를 자객들의 마음에
  심어 주려 하는 맥베스의 모습에서 우리는 한 걸출한 무장의 완벽한 추락을 목
  격한다.

자객 1
저희들도 남자들입니다, [8] 전하.

맥베스
그렇고말고. 목록상으로는 남자로 분류되겠지.
사냥개, 그레이하운드, 잡종견, 스패니얼,
들개, 털북숭이, 잠수견, 늑대트기 —
이 모두가 개라는 이름으로 불리는 것처럼 —   95
허나, 값을 매길 땐, 빠른 놈, 느린 놈, 영리한 놈,
집 지킬 놈, 사냥할 놈 — 이렇게 풍성한 대자연이
부여한 각기 다른 천성을 따라 한단 말일세.
그래서 이것들을 뭉뚱그려 개라 부르는 무리에서
저마다 다른 호칭을 얻는 거라네.   100
사람도 이와 다를 바가 없어.
자, 자네들도 한자리 차지하고 있고, 그게
남자치고 최하발 아니라면, 그렇다고 말해.
그러면 자네들한테 일 하나 맡길 테고,
그대로만 하면, 자네들은 원수도 갚고,   105
과인의 총애도 받게 될 것이야.
그자가 살아 있으면, 나는 환자나 다름없고,
그자가 죽어야 내가 건강하단 말일세.

---

7 '원수를 사랑하라'는 성경 말씀에 대한 언급.
8 "We are men,"
여기서 'men'은 두 가지 뜻을 동시에 담고 있다. 그 하나는, 자기들도 '사람들'
이기 때문에, 부당한 일을 당하면 응당 보복할 용의가 있다는 말도 되고, 또 하
나는, 아무리 험한 일이라도 '사나이'답게 해치울 준비가 돼 있다는 말도 된다.

자객 2
전하, 소인은 세상 살며 모진 구박과 학대를
하도 많이 받아, 악에 받쳐 있는 놈인지라,   *110*
이놈의 세상 까뭉개려 못할 일이 없습니다.

자객 1
저도 악운에 넌더리나고, 재수 옴 붙은 놈이라,
팔자가 피든, 차라리 죽어 없어지든,
무슨 일이라도 목숨 걸고 하겠습니다.

맥베스
뱅쿠오가 자네들 원수라는 걸 알고 있지?   *115*

자객 2
여부가 있습니까, 전하.

맥베스
그자는 내게도 원수야. 그자와는 견원지간이라,
그자 목숨이 붙어 있는 매분마다가 내 생명을
노리는 칼침 같단 말야. 그리고 마음만 먹으면,
드러내 놓고 내 눈앞에서 그자를 쓸어낼 수 있고,   *120*
거리낄 것 없다 여길 수도 있지만, 그래선 안 돼.
왜냐면 그자와 나에게 가까운 벗들이 몇 있는데,
그들의 우정을 저버릴 수가 없고, 나 자신이
가격을 하고서도 그자의 죽음을 애도해야 하거든.
이런 연유로 내가 자네들의 도움을 청하는 걸세.   *125*

여러 가지 중차대한 이유들 때문에, 이 일을
세상 사람들 눈에 뜨이지 않게 하려는 것이야.

자객 2
전하, 명하시는 대로 하겠습니다.

자객 1
설령 저희들 목숨이 —

맥베스
자네들 기개가 눈빛에 역력하군. 늦어도 한 시간 안에,   130
자네들이 어디 매복할 것인지 지시해 줄 테고,
그 일을 결행할 정확한 시각이 언제인지 알려 주겠네. 9
오늘 밤에 해치워야 하고, 궁에서 좀 떨어진 데라야 해.
늘 염두에 두어야 할 것은, 이 일이 나와는 무관하게
보여야 한다는 거다. 또 이 일을 깨끗이 매듭지으려면,   135
그자와 같이 있을, 그자 아들 플리언스도, 아비와 함께
똑같은 운명을 맞아야 돼. 아비 못지않게, 그 녀석을
없애는 일이 내겐 중요한 일이거든. 그러면 물러가서
결의를 다지도록 해. 내 곧 자네들한테 갈 터이니.

---

9 "Acquaint you with the perfect spy o' the time, / The moment on't;"
Samuel Johnson은 "the perfect spy"에서 'the'를 'a'로 바꾸어 읽음으로써, 이 장
면에는 등장하지 않는 세 번째 자객을 지칭한다고 생각했다. 나중에 3장에서 두
자객들은 또 한 사람의 자객을 보고 놀라는데, 이 세 번째 자객은 맥베스 자신
이 변장을 하고 나타난 것이라고 추정하는 학자도 있다. 그러나 있는 그대로 읽
어도 아무런 문제가 없기 때문에, 위와 같이 번역했다.

자객들
이미 마음을 굳혔습니다, 전하.   *140*

맥베스
금방 부를 것이니, 안에서 기다려. 〔**자객들 퇴장**〕
이제 결정됐다. 뱅쿠오, 네 영혼이 날아가서,
하늘나라로 갈 거면, 그건 오늘 밤이라야 해. 〔**퇴장**〕

3막 2장

왕궁의 다른 방. 맥베스 부인과 하인 등장

맥베스 부인
뱅쿠오 장군은 궁을 떠나셨느냐?1

하인
그러합니다. 하오나 오늘 밤 돌아오십니다.

맥베스 부인
전하께 여쭈어라. 틈을 내시면 드릴 말씀이 있다고 —

하인
그리하겠습니다. 〔**퇴장**〕

맥베스 부인
소원은 이루었으나 평온하지가 않으니,   5
온갖 짓을 다 했어도, 얻은 것이 없구나.

---

1 3막 1장 시작 부분에서 뱅쿠오의 출타에 대해 맥베스가 유별난 관심을 보인 것
을 기억하는 맥베스 부인은 남편이 뱅쿠오를 살해하려는 계획을 세운 것을 감지
하였을 수도 있다.

죽여 놓고 나서 설익은 기쁨을 누리느니,
죽임을 당하는 쪽이 오히려 마음 편할 거야.
〔맥베스 등장〕
어쩐 일이세요! 무슨 연유로 홀로 계시면서,
고통스런 상념을 계속 머리에 떠올리시며,   10
이미 죽은 자들과 함께 오래전에 뇌리에서
사라졌어야 할2 기억에 시달리시는 거죠?
돌이키지 못할 일은 생각 말아요. 지난 일예요.

맥베스
우리는 뱀에게 상처만 입혔지,3 죽이진 못했소.
상처가 아물면, 원래대로 돌아갈 게고, 어설프게   15
해치려 한 우리는 다시 그 독아에 노출되는 거요.
차라리 우주가 와해되고, 하늘과 땅이 무너지라시오.
두려움에 떨며 식탁에 앉고, 밤마다 악몽에 시달리며

---

2 "which should indeed have died / With them they think on?"
  여기서 'them'은 막연하게 '이미 죽은 자들'이라는 일반적 의미를 갖는 인칭대명
  사로 볼 수도 있고, 아니면 그동안 맥베스에 의해 살해된 사람들을 지칭할 수도
  있다. 그러나 지금까지의 극의 전개에서 죽임을 당한 사람은 덩컨 하나뿐이다.
  역자가 판단하기로는, 맥베스 부인은 앞으로 죽임을 당할 뱅쿠오를 포함해서 —
  즉 앞으로 일어날 일도 함께 뭉뚱그려서 — 남편에게 충고를 하여 주고 있는 것
  이다. 즉, 이미 죽임을 당한 사람(덩컨)이나, 앞으로 죽임을 당할 사람(뱅쿠
  오)이나, 일단 지나간 일이 된 다음에는, 잊어버리는 것이 일을 성공적으로 추
  진함에 있어 정도(正道)라는 충고다.
3 "We have scotch'd the snake," (Hardin Craig)
  "We have scotched the snake," (G. B. Harrison)
  "We have scorch'd the snake," (Foilio 1, G. Blakemore Evans, Kenneth Muir)
  'scotched'나 'scorched'나 같은 의미였을 것이라고 학자들은 말한다.

잠자리에 눕지는 않겠소. 평온을 얻기 위해 평온의
세상으로 보내 버린 죽은 자들과 함께 있는 것이,   *20*
마음의 형틀에 누워 어수선한 착란을 겪는 것보다
나을 것이오. 덩컨은 지금 무덤 속에 누워 있소.
삶의 열병을 치르고 나서, 편안히 잠들어 있소.
반역은 그 최악을 보여주었소. 검도, 독약도,
내란도, 이역에서의 반군 규합도─4 그 어느 것도   *25*
덩컨을 더는 괴롭힐 수가 없소.

맥베스 부인
그만하세요. 그 산란한 모습일랑 거두시고,
오늘 밤 손님들을 밝고 유쾌하게 대하세요.

맥베스
그리하리다. 그리고 당신도 그리하시오.
특히 뱅쿠오에게 각별히 관심을 기울이오.5   *30*
눈빛과 언사로 그에게 존경을 표하시오.
우리 처지가 아직은 불안한 것인지라,
이처럼 아유의 물결에 우리 명예를 담그고,
거짓 얼굴로 속마음을 덮어 감추어야 하오.

---

4 여기서 맥베스가 언급하는 왕좌에 따르는 고난은 덩컨이 모두 겪었던 것이라고
  할 수 없다. 특히 "이역에서의 반군 규합"은 맥베스가 앞으로 닥쳐올 맬컴의 반
  격을 이미 예측하고 있다는 느낌을 갖게 한다.
5 맥베스는 자객들을 시켜 뱅쿠오를 척살할 계획을 이미 세워 놓은 상태다. 그런데
  도 아내에게 연회에서 뱅쿠오에게 각별히 신경을 써 달라는 주문을 하고 있다.
  연회에 오지도 못할 사람을 융숭하게 대접하라는 지시를 하는 이 장면에서, 우리
  는 아내에게마저 거짓된 말을 꾸며 해야 하는 맥베스의 완전한 고립을 본다.

맥베스 부인

이런 생각은 그만두셔야 해요.   *35*

맥베스

아, 여보, 내 마음은 전갈로 득실거리는구려! 6

뱅쿠오와 그 아들 플리언스가 살아 있잖소.

맥베스 부인

하지만 천수라 해도 끝은 있다구요. 7

맥베스

그래서 위안이 되오. 해치울 수 있으니까.

그러니 안심하오. 박쥐가 사원에 날아들기 전 ―   *40*

음산한 헤커트의 부름에, 뿔날개 퍼덕이는 풍뎅이가 8

붕붕거리며 밤의 하품을 우렁차게 하기 전 ―

---

6 온갖 사악한 생각들로 가득 찼다는 말.

7 "But in them nature's copy's not eterne."

글자 그대로 읽으면, '그들 안에서 자연으로부터의〔임차〕증서는 영원하지 않다'
인데, '대자연이 대여해 준 그들의 생명이 영원할 수는 없다'는 뜻이다. 표면적
으로는, '아무리 천수를 다한다 해도, 결국은 죽게 마련이다'라는 말을 하고 있
는 것 같지만, 그 뜻을 더 새겨 보면, 뱅쿠오와 그의 아들이 불사조가 아니므로
언제든 죽일 수 있다는 암시가 들어 있다.

8 (i) "The shard-borne beetle"(Hardin Craig, G. Blakemore Evans, G. B.
Harrison)

(ii) "The shard-born beetle,"(Kenneth Muir), "The shard-born beetle"(A.
R. Braunmuller)

(ii)의 경우에서처럼, '똥에서 태어난 풍뎅이'보다는, (i)의 경우에서처럼, '딱딱
한 날개를 퍼덕이며 날으는 풍뎅이'가 아무래도 문학적 상상력의 차원에서 적절
한 듯하다.

무서운 굉음을 내는 일이 하나9 벌어질 거요.

맥베스 부인
무슨 일이 벌어지는데요?

맥베스
당신은 모르고 있는 것이 나을 거요, 여보.   *45*
나중에 알고 나서 갈채나 해요. 자, 눈을 가리는 밤아,
연민을 갖도록 하는 대낮의 인정 어린 눈을 감싸거라.
그리고 네 잔혹하지만 보이지 않는 손으로,
나를 창백하게 만드는 그 막강한 결속의 힘을10
무력하게 하고, 산산이 부수어 버리거라!   *50*
어둠이 깔리니, 까마귀는 컴컴한 숲으로 날아들고,
낮에 피어나던 것들은 축 늘어져 졸음 겨워하고,
밤의 시커먼 하수인들은 일어나 눈을 번득이누나.11

---

9 "A deed of dreadful note."
 여기서 "note"를 무슨 뜻으로 읽을 것인가 주저할 필요는 없다. 바로 앞의 행들
 에서 소리와 관계되는 단어들 — "hums", "rung", "peal" — 이 연속적으로 나왔기
 때문에, "note"는 극히 자연스럽게 '음향'의 뜻을 갖는 단어로 읽어야 할 것이다.
10 "that great bond / Which keeps me pale!"
 여기서 'bond'를 여러 가지 뜻으로 해석하는 학자들이 있으나, 나는 〈리어왕〉에
 서 누누이 강조되는 '인간과 인간을 맺어 주는 끈끈한 유대', 즉, 생명을 나누어
 가진 인간들이 서로의 목숨을 소중히 여기는 인류애 내지는, 흔히 말하는 '존재의
 큰 사슬'(the great chain of being)을 의식하는 데에서 오는, 생명을 나누어 가진
 모든 생명체에 대한 외경심, 이런 것들을 의미한다고 생각한다.
11 46행 뒷부분부터 53행까지는 맥베스가 거의 독백처럼 들려주는 'evil invocation'
 이라고 볼 수 있다. 이 대사를 읊조리는 동안, 맥베스는 곁에 아내가 있다는 사
 실을 거의 잊고 있다.

내 말이 이상하게 들릴 거요. 허나 잠자코 있어요.
악에서 출발한 것들은 악의 도움으로 강해진다오.   *55*
그러면, 자, 나와 함께 가요.

두 사람 퇴장 †

3막 3장

왕궁 근처의 숲. 자객들 셋1 등장

자객 1
헌데 누가 자네보고 우리와 합류하라던가?

자객 3
맥베스야.

자객 2
이자를 못 미더워할 필요는 없어.
우리 임무가 무언지 이야길 했고,
어찌해야 하는지 정확히 말해 주었거든.   5

---

1 앞서 맥베스가 만났던 자객들은 둘뿐이었는데, 왜 한 명이 더해졌는지에 대해 말이 많지만, 문제는 간단하다. 두 자객들을 보내 놓고 나서 안심이 안 되어 또 하나를 더 보내 일을 확실히 하려는 맥베스의 불안감을 보이는 것일 수 있다. 맥베스 자신이 자객으로 변장하고 직접 확인하려 한다는 흥미로운 설명을 하는 학자들도 있으나, 적어도 맥베스 같은 걸출한 무장이 아무리 도덕적 추락을 하였다고 해도, 그 정도로 자신을 비루한 처지로까지 몰고 갈 정도로 자존심이 사라졌다고 보기에는 무리가 있다. 더구나 자객으로부터 보고를 받을 때, 플리언스는 달아났기 때문에 죽이질 못했다는 말을 듣고, 맥베스가 낙심하는 장면이 조금 뒤에 나온다.

자객 1

허면, 같이 행동해.

서쪽 하늘에 햇살 기운이 아직 좀 남아 있어.

늘장 부리던 해가 때맞춰 지려 서두르는군.2

이제 우리가 노리는 놈이 다가오고 있는 거야.

자객 3

들려? 말 달려오는 소리야.   *10*

뱅쿠오

〔**무대 밖에서**〕 불 좀 밝혀라! 들리느냐?3

자객 2

그자가 틀림없다. 연회에 참석키로 된

나머지 사람들은 벌써 다 입궐했어.

자객 1

이자가 타고 온 말발굽 소리다. 4

---

2 원문은 "Now spurs the lated traveller apace / To gain the timely inn"인데, 이
  절을 보통 '날이 저물어 가자, 늦은 길손이 묵을 곳을 찾아 길을 재촉한다'는,
  그야말로 범용하기 이를 데 없는 뜻풀이를 하는 경우가 많은데, 여기서 'the
  lated traveller'는 늘장 부리며 저물어 가는 '해'를 말한다. 일개 자객이 어떻게
  시적인 표현을 써가며 말할 수 있느냐고 묻는 사람이 있다면, 나는 이렇게 대답
  할 것이다. 시의 세계에서는, 비록 푸줏간의 칼잡이라 할지라도 시적으로 말할
  특권이 부여되어 있다고.
3 뱅쿠오가 궁 앞에 도착해서, 타고 온 말을 챙기고 그에게 횃불을 건네줄 하인을
  부르는 말.

3막 3장

자객 3

한 마장쯤 될 거야. 그래도 다른 자들처럼,　　　　　　*15*

이자도 여기부터 궐문까지 걸어서 갈 거야.

뱅쿠오와 플리언스 횃불 들고 등장 †

자객 2

불빛이다! 불빛이다!

자객 3

그놈이야.

자객 1

준비해!

뱅쿠오

오늘 밤엔 비가 내릴 것 같군.　　　　　　　　　　*20*

자객 1

내리라고 해![5] 〔횃불을 끄자 다른 자객들 뱅쿠오를 공격한다〕

---

4 뱅쿠오로부터 말고삐를 인계받은 하인이 말을 끌고 가는 소리라는 말.

5 '곧 죽을 텐데 비 올 걱정은 왜 하느냐?' 라는 뜻도 되고, 앞서 뱅쿠오가 '비가 올 것 같다'고 말하니까, '비'와 함께 쏟아질 뱅쿠오의 '피'를 의미하기도 하고, 또 자객들이 일시에 하는 가격을 의미하기도 한다.

뱅쿠오

음모다! 도망쳐라, 플리언스야, 도망쳐라, 도망쳐!
원수나 갚아 다오. ― 에이, 치사한 놈!6 〔죽는다. 플리언스 달아난다〕

자객 3

누가 횃불을 껐지?

자객 1

그러기로 했잖아?   25

자객 3

한 놈만 해치웠고, 애새끼는 달아났어.

자객 2

진짜배기를 놓쳤구나.

자객 1

체, 자릴 뜨자구. 한 대로 털어놓을 밖에 ―

모두 퇴장

---

6 이 매복 살해를 주도한 자가 누구라는 것을 직감한 뱅쿠오가 맥베스를 두고 하
  는 말. A. R. Braunmuller는 뱅쿠오의 이 말이 자객을 향해 하는 것(The New
  Cambridge Shakespeare, p. 174)이라고 못 박았으나, 이는 상상력의 궁핍을 드러
  내는 말이다. 뱅쿠오는 플리언스에게 도망치라고 말한 뒤, 복수해 달라는 말을
  덧붙인다. 어린아이가 자라서 복수할 상대가 자객들이 아님은 자명하다. 곧이
  어 죽으면서 욕을 하는데, 그 욕의 대상은 자객이라기보다는 암살을 지시한 맥
  베스라고 보아야 한다.

3막 4장

왕궁의 연회장. 연회상이 차려 있다.
맥베스, 맥베스 부인, 로스, 레녹스, 귀족들, 시종들 등장

맥베스
경들은 각자의 위계를 아시니, 착석하시오.
여기 온 여러분들 모두 진심으로 환영하오.

귀족들
성은이 망극합니다.

맥베스
과인도 여러분과 자리를 함께하여
평범한 주인 노릇을 하고자 하오.   5
과인의 내자는 옥좌에 있으나, 때 보아
우리와 자리를 함께하도록 하겠소.

맥베스 부인
저를 대신해서 우리 친구들께 말씀해 주세요.
제 가슴은 온통 환영하는 마음으로 차 있어요.

자객 1 문 앞에 등장

맥베스

보시오. 이분들도 그대에게 감사하고 있잖소.   *10*

쌍방이 빚진 게 없구려.1 나는 여기 가운데 앉겠소.

마음껏 즐기시오. 내 조금 있다가 식탁을 돌면서

한 순배씩 권하리다. 〔**문 쪽으로 가서**〕 얼굴에 피가 묻었어.

자객

뱅쿠오 것이겠지요.

맥베스

그자가 살아서 안에 앉아 있는 것보다야   *15*

자네가 문 앞에 와 있는 게 낫지.2 해치웠나?

---

1 "Both sides are even."

  A. R. Braunmuller는 *The New Cambridge Shakespeare*(p. 176)에서 '테이블 양쪽
  에 앉은 사람들 숫자가 같다'는 뜻으로 이 말을 읽었다. 그러나 그것이 사실이
  라면, 이 대사는 아무런 의미가 없는 것이 되고 만다. 맥베스는 '양쪽이 모두
  감사의 뜻을 표했으니, 서로 빚진 게 없다'는 말을 하고 있는 것이다. 매우 유
  화적이고 사교적인 말이다.

2 "'Tis better thee without than he within."

  대부분의 학자들은, Samuel Johnson의 설명을 따라, '뱅쿠오의 피가 그의 몸 안
  에 있지 않고, 네 얼굴에 묻어 있어 다행이다'라는 의미로 이 문장을 읽고 있다.
  그러나 내가 생각하기로는, 이는 문법적으로 옹색한 설명인 것은 물론이고, 상상
  력의 차원에서도 빈약하기 짝이 없는 해석이다. 이 말의 뜻은 이렇다. '뱅쿠오가
  살아서 이 방 안에 앉아 있는 것보다는, 네가 그자를 죽이고 나서 내게 보고하려
  문밖에 와서 기다리는 쪽이 훨씬 낫다.' 'without'와 'within'이 대칭을 이루면서 사
  용되었고, 이 둘은 부사들이다. 그리고 ''Tis'에서 'it'는 '피'를 말함이 아니고, 막
  연하게 사용된 대명사 — 그다음에 서술된 상황을 지칭하는 가주어 — 이다. 평범
  한 현대영어로 풀이하면 다음과 같을 것이다. 'It is better that you are out here
  〔to report his death to me〕, than that he 〔Banquo〕 is sitting inside.'

자객

전하, 그자 목을 땄습죠. 그자를 위해섭죠.

맥베스

자넨 목 따는 덴 명인일세. 플리언스에게
같은 일을 한 자도 알아주어야지. 자네가
그 일도 했다면, 자네는 최고의 명인일세.   *20*

자객

전하, 황공하오나, 플리언스는 놓쳤습니다.

맥베스

[혼잣말] 그렇다면 내 열병이 도지누나. 일이 잘 풀렸으면,
나는 완벽하고, 대리석처럼 견고하고, 반석처럼 움쩍 않고,
대지를 감싸는 공기처럼 자유롭고 후련하였으련만—
허나 지금 나는 오두막에 갇혀, 옴짝달싹 못하고, 돼먹잖은   *25*
의혹과 두려움에 잡혀 버렸어. —헌데 뱅쿠오는 틀림없나?

자객

예, 전하. 구덩이에 잘 모셨습니다.
머리빡엔 스무 개나 찍힌 자국이 있었는데,
제일 작은 것에라도 죽을 수밖에 없었습죠.

맥베스

수고했네.   *30*
[혼잣말] 다 자란 뱀은 누워 있고, 달아난 새끼뱀은

지금은 이빨이 없지만, 때가 되면 독을 뿜게 되겠지.
— 그만 가 보게. 내일 다시 만나 이야기하세. 〔자객 퇴장〕

맥베스 부인
전하, 좌흥을 돋구셔야지요. 연회가 진행되는 동안,
마음에서 우러난 대접이란 느낌을 갖게 되지 않으면,   *35*
매식과 다를 바 없어요. 먹는 일이야 집이 제일이죠.
집을 떠나 하는 식사의 즐거움은 흥겨운 의례예요.
의례가 없다면 연회는 무미한 것이 되고 말아요.

맥베스
잊을 뻔했구려! 고맙소. 자, 마음껏 드시고
즐기시오. 입맛 좋고 소화 잘되길 바라오!   *40*

레녹스
전하, 좌정하옵소서.

맥베스
이 자리에 뱅쿠오 장군만 참석하였더라면,
온 나라의 동량들이 다 함께 자리하였을 터 —
불운한 일로 불참케 된 것을 애석해하느니,
참석을 게을리한 그의 무심을 탓하고 싶소.   *45*
〔뱅쿠오의 혼령 등장하여 맥베스의 자리에 앉는다〕[3]

---

3 이 무대지시가 있는 위치는 텍스트에 따라 다르다. Folio판에서는 이 번역의 38행
  에서 맥베스 부인이 말을 끝내면 곧 뱅쿠오의 혼령이 등장한다. Evans는 Folio에
  나타난 무대지시를 그대로 옮겨 놓았다. Craig와 Harrison은 41행의 레녹스가 하

로스

그분의 불참은 하여 놓은 약속을 무색케 합니다.

소신들과 합석하여 주시는 은혜를 베푸소서.

맥베스

만석(滿席) 아니오?

레녹스

여기 좌석이 마련되어 있습니다, 전하.

맥베스

어디 말이오?   *50*

레녹스

여깁니다, 전하. 어찌하여 낯빛을 바꾸십니까?

맥베스

그대들 중 누가 이런 짓을 했는가?

귀족들

무엇 말씀입니까, 전하?

는 말 바로 다음에 이 지시문을 놓았다. Muir는 맥베스가 말을 하고 있는 도중에
—42행과 43행 사이에— 이 지시문이 있도록 했다. 나는 이 번역에서처럼, 뱅쿠
오가 불참한 것을 아쉬워하는 맥베스의 말이 끝나자마자(45행) 혼령이 등장하는
것으로 보고 싶다.

맥베스
내가 했다고는 않겠지? 피 엉킨 머리채를
그렇게 나를 향해 너풀대지 말거라.   *55*

로스
여러분, 일어나시오. 전하께서 안 좋으시오.

맥베스 부인
앉아 계세요, 여러분. 전하께서 가끔 이러시는데,
젊은 시절부터 있어 온 일예요. 제발, 앉아 계세요.
이 착란은 일시적예요. 좀 있으면 좋아지실 거예요.
너무 관심을 보이시면, 자극을 받아 지속될 거예요.   *60*
계속 드시면서 모른 체하세요. ― 당신 남자예요?

맥베스
그렇소. 그것도 대담한 ― 악마도 겁먹게 만들
저것을 내가 똑바로 쳐다보고 있잖소?

맥베스 부인
참으로 가상하시오! 당신의 두려움이 지어낸 거예요.
당신을 덩컨에게로 인도했다시던 그 허공의 단검과   *65*
똑같은 거예요. 진정한 공포를 드러내는 듯 보이는
이런 발작과 소스라침은, 겨울 화덕 곁에서 나누는,
할멈한테나 인정받을 여인네의 이야기에나 걸맞아요.
부끄러운 줄 아세요! 왜 그런 얼굴을 하세요?
사실대로 말하면, 당신이 보고 계신 건 걸상일 뿐예요.   *70*

맥베스

저길 보라구! 자, 잘 보아요! 그래도 아니라구?

젠장, 무서울 게 뭐람? 끄덕일 거면, 말도 해 보렴.

납골당이나 무덤이 묻힌 자들을 되살려낼 거라면,

시신들을 아예 수리들이 먹어 치우게 해야겠구나. 〔혼령 **퇴장**〕

맥베스 부인

아니, 이 양반이 실성을 했나?   75

맥베스

틀림없이 내 눈으로 똑똑히 보았소.

맥베스 부인

이런, 부끄러운 줄 아세요!

맥베스

지난날, 그 옛날, 인간의 법령이 공공질서를 위해

사회를 정화하기 전에도 유혈사태는 있어 왔어.

그래, 그 이후에도, 듣기에도 끔찍스런 살인이   80

자행되어 왔지. 여태까지는 골수가 터져 나오면,

사람은 죽게 돼 있었고,4 그것으로 끝장이 났어.

---

4 "the time has been, / That, when the brains were out, the man would die,"
앞서 맥베스 부인이 덩컨 살해를 종용할 때, 젖을 빨고 있는 아기가 아무리 사랑
스러울지라도, 그 아기를 패대기쳐 머리통이 터지게 만들 것이라 맹세를 했다면,
어김없이 그대로 하였을 것이라는 말을 한 적이 있는데(1막 7장, 53~58행), 맥
베스는 이 순간 아내의 그 말을 무의식중에 떠올리는 것 같다.

헌데 지금 머리에 스무 군데나 치명타를 받고도
다시 살아나, 산 사람을 의자에서 밀어내는군.
이건 그 살인행위보다도 더욱 괴이한 일이야.   *85*

맥베스 부인
전하, 전하의 벗들이 전하를 기다립니다. 5

맥베스
깜빡 잊었구려. 여러분, 부디 놀라지 마시오.
내게는 이상한 증세가 있는데, 나를 아는 사람들에겐
아무것도 아니라오. 자, 우리 모두의 우정과 건강을!
이제 자리에 앉겠소. 내게 술 좀 주오. 가득 채워요.   *90*
이 식탁에 둘러앉은 모든 분들을 위해 건배하겠소.
또 이 자리엔 없으나, 우리 다정한 벗 뱅쿠오를 위해!
여기 있었더라면! 모든 분들과 뱅쿠오 장군을 위해,
자, 모두 드십시다.

귀족들
저희들의 충성을 맹세하옵고, 전하의 건승을 빕니다.   *95*

뱅쿠오의 혼령 다시 등장 ⚔

---

5 61행 뒷부분부터 85행까지는 맥베스 부부 사이에 오고가는 두 사람만의 대화였
  다. 이제 이 말을 하며 맥베스 부인은 남편을 다시 좌중으로 끌어들인다.

맥베스

꺼져! 내 눈앞에서 사라져! 흙에 덮여 있으란 말야!

네놈 뼈에선 골수가 빠져 버렸고, 네 피는 식었어!

네가 희번덕이는 두 눈에는 생기가 사라졌단 말야!

맥베스 부인

여러분, 이것을 늘 있는 일이라고 여기세요.

그뿐예요. 그저 좌흥을 깨뜨리는 것뿐예요.   *100*

맥베스

남자가 할 수 있는 일치고 내가 못할 건 없다.

사나운 러시아 곰의 형상으로 오거라. 아니면

철갑 두른 코뿔소나 히르카니아6 범의 모습으로 —

그 꼴만 아니라면, 무슨 형상을 취하든, 내 튼튼한

신경줄은 결코 떨지 않을 게다. 아니면, 다시 살아나,   *105*

검을 휘두르며 사막에서 나와 사생결단을 내 보련?

그때 내가 떠는 기색이면,7 나를 계집애라고 불러라.

꺼져라, 끔찍한 그림자! 실체 없는 허깨비야, 꺼져! 〔혼령 퇴장〕

---

6 Hyrcania는 페르시아 제국의 한 지방으로 카스피 해 남쪽에 위치했고, 그곳에
  서식하는 호랑이는 사납기로 유명했다.

7 (i) "If trembling I inhabit then,"(Folio 1, Hardin Craig, G. Blakemore Evans,
       G. B. Harrison, Kenneth Muir)
  (ii) "If trembling I inhibit thee,"(Kemp Malone)
  (iii) "If trembling I inhibit, then"(Alexander Pope)
  나는 Craig, Evans, Harrison 등이 읽은 대로 (i)을 택하여 번역했다. 글자 그대
  로 번역하면, '그때 내가 떨림을 〔옷처럼〕 입으면'이지만, 의역하면, '그때 내가
  떠는 기색을 보이면'이란 뜻이다.

그러면 그렇지. 저것이 사라지니, 난 다시 남자야.
제발 부탁이니, 그대로 앉아들 계시오.   *110*

맥베스 부인
전하께서 정신을 잃으시는 바람에 모두 놀라,
좌흥이 깨졌고, 분위기는 엉망이 되고 말았어요.

맥베스
그런 것들이 실제로 있어, 여름날의 구름처럼
몰려오는데, 놀라지 않을 도리가 있겠소?
내 얼굴은 공포로 하얗게 질리는데, 그대들은   *115*
그런 광경을 보고도 얼굴색 하나 변치 않으니,
나도 내가 어딘가 잘못되었다는 생각이 드오.

로스
무슨 광경 말씀입니까, 전하?

맥베스 부인
제발, 더 묻지 마세요. 악화만 될 뿐예요.
물으면 자극만 돼요. 그만 돌아들 가세요.   *120*
퇴실 순서는 신경 쓰지 말고, 어서 가세요.

레녹스
안녕히 주무십시오. 전하의 건강을 빕니다.

맥베스 부인

모두들 편히 주무세요.

맥베스와 맥베스 부인만 남고, 모두 퇴장 ⸸

맥베스

〔혼잣말〕 피를 보고 말 게야. 피는 피를 부른댔어.
돌멩이들이 움직이고,8 나무들이 말을 했다지.   *125*
조짐들과 온당하게 풀이가 되는 분명한 말이9
까치들과 붉은부리까마귀들과 떼까마귀들을 통해
숨은 살인자를 알려 주었다지. ― 밤이 얼마나 깊었소?

맥베스 부인

밤도 아니고, 아침도 아닌, 어정쩡한 시각예요.

맥베스

맥더프가 나의 준엄한 명을 거스르고,   *130*
참석하지 않은 것을 어찌 생각하오?

---

8 살인을 저지르고 시신을 감추려 돌들로 덮어 놓았으나, 그 돌들이 움직여 시신
  이 드러나게 된 것을 말함.
9 "Augurs and understood relations"
  Samuel Johnson은 "understood relations"를 '인과관계'라는 뜻으로 풀이했으나,
  George Lyman Kittredge의 의견대로, '온당하게 이해가 되는 보고'라는 뜻으로
  읽는 것이 합당할 것이다. 'Augurs'가 암시적인 것임에 반해, "understood
  relations"는 의미가 확실한 메시지라는 뜻이 되기 때문이다. 여기서 'relations'
  는 '관계'가 아니라, '이야기해 줌'을 뜻한다.

맥베스 부인
사람을 직접 보내셨었나요?

맥베스
한 입 건너 들은 거요. 하지만 사람을 보내겠소.
염탐하려고 하인을 하나씩 매수해 놓지 않은
집이란 한 군데도 없소. 날이 밝으면, 일찌감치   *135*
마녀들을 찾아가겠소. 그것들 더 말해 주어야 해.
이젠 최악의 방법을 써서라도 최악을 알고 싶소.
나 자신을 위해선, 다른 모든 명분은 차순위요.
난 이제 핏속에 너무 깊이 들어와, 그만두고 싶어도,
되돌아가는 것이 다 건너는 것 못잖게 지루할 거요.   *140*
기이한 것들이 머리를 채우는데, 행동에 옮길 거요.
깊이 생각할 것도 없이, 당장 실행해야 하겠소.

맥베스 부인
자연을 생기 있게 보존하는 잠이 부족하신 거예요.

맥베스
자, 잠이나 잡시다. 내가 이상한 망상에 시달리는 건
아직도 갈 길이 먼 애송이의 두려움 때문이오.   *145*
우리는 아직 행동의 세계에선 풋내기에 불과하오.

두 사람 퇴장 †

3막 5장

황야.[1] 천둥소리. 세 마녀들 등장하여 헤커트를[2] 만난다.

마녀 1
어쩐 일이세요, 헤커트? 노하신 것 같군요.

헤커트
이 시건방지고 뻔뻔스런 할망구야,
왜 내가 안 그렇겠어? 너희들이 감히
맥베스에게 연통을 놓아 가지고는
하계의 비밀을 아리송하게 말해 주어?   5
허고, 너희들 마술의 주인이자 모든
해악을 은밀하게 짜내는 나를 불러,
내 몫도 하고 우리 마술의 영광을 보일
기회를 갖게 해 줄 생각도 아니해?
더 나쁜 건, 너희들이 여지껏 한 건,   10
그 못된 놈—다른 놈들처럼, 너희가 아니라
제 놈만 생각하는—심술궂고 성깔 고약한

---

1 대부분의 학자들이 이 부분은 셰익스피어가 쓴 것이 아니라고 생각한다.
2 마녀들의 수장(首長).

122

그놈을 위해서 한 게 전부라는 거야.

하지만 이제 죄갚음을 하란 말야.

이 자리를 떠나, 아케론의3 토굴에서   *15*

아침에 나를 만나. 그곳으로 그자가

제 운명을 알아보려고 찾아올 거야.

용기(用器)들과 주문들을 준비해 놓아.

부적들과 그 밖의 필요한 것들을 다—

나는 허공을 날으련다. 오늘 밤에는   *20*

암울하고 절망적인 상황을 도모해야지.

정오가 되기 전에 큰일을 해야 돼.

달 한 귀퉁이에 영험한 효력이 있는

증기 맺힌 방울이 하나 매달려 있어.

저게 땅에 떨어지기 전에 받아내야지.   *25*

마법의 비방(秘方)으로 우려낸 저 액(液)은

마법으로 만들어낸 정령들을 불러낼 게고,

그것들이 갖는 환영(幻影)의 힘으로

그자를 파멸로 이끌어 갈 것이야.

그자는 운명을 걸어차고, 죽음도 비웃으며,   *30*

분별도, 체면도, 두려움도 넘어, 희망을 가질 거야.

너희들이 다 알다시피, 믿고 안심하는 것이

인간들에게는 으뜸가는 적이 아닌가 말야.

〔무대 뒤에서 노랫소리 들린다. "오거라, 오려무나 ….."〕

---

3 Acheron은 지옥에 있는 강이다. 맥베스가 마녀들을 찾아가는 곳은 하계가 아
  니라 마녀들의 토굴이다. 따라서 여기서 약간의 이야기의 혼선이 있는데, 공
  간적인 의미에서의 지옥이 아니라, 악이 거처하는 토굴을 지옥의 연장으로 본
  듯하다.

쉬! 나를 부르는구나. 저기 보여? 내 작은 정령이
자욱한 구름 속에 앉아, 내가 오기를 기다리지? 〔**퇴장**〕   *35*

마녀 1
자, 서두르자꾸나. 금방 돌아오실 테니 ―

마녀들 퇴장 †

3막 6장

포레스. 왕궁. 레녹스와 귀족 한 명 등장

레녹스
내가 앞서 드린 말씀은 공의 생각과 일치하고,
더 숙고해 보아야 할 겝니다. 내 말은 다만
사태가 야릇하게 전개되었다는 겁니다. 인자하신
덩컨의 붕어를 맥베스는 슬퍼했어요. 서거하셨으니 —
또 용감한 뱅쿠오 장군은 너무 밤늦게 돌아다녔어요.   5
플리언스가 도주했으니, 굳이 풀이하면, 플리언스가
범인이랄 수 있겠군요. 늦게 나돌아 다니는 게 아닌데 —
맬컴과 도널베인이 자기네들의 자애로운 부친을
살해했다는 게 끔찍스런 일이라고 생각지 않을
사람이 있기나 하겠소? 저주받아 마땅한 짓이지요!   10
맥베스가 얼마나 슬퍼했소? 충성심에서 우러난 분노를
이기지 못해, 술에 곯아떨어져 잠에서 헤어나지 못하던
그 두 얼간이들을 즉시 처단해 버리지 않았소?
고귀한 처사였죠. 그럼요, 현명하기도 했구요.
하기야 그자들이 부인하는 걸 들으면, 살아 있는   15
어느 누구도 격분하지 않을 수 없었을 테니까요.
해서, 내 결론은, 모든 일을 잘 처리했다는 거요.

그리고 내 생각엔, 그가 덩컨의 두 아들을 체포하면—
그런 일이 없길 바라오만—, 부친을 살해하는 것이
어떤 건지 알게 만들 테지요. 플리언스도 마찬가지죠.   *20*
그건 그렇고, 참, 말을 터놓고 하고, 폭군이 연 향연에
참석하지 않았다는 이유로, 맥더프가 눈 밖에 났다는
말을 들었소. 그분이 어디 계신지 말씀해 주시겠소?

귀족
출생과 더불어 부여된 왕위계승권을 이 폭군에게
박탈당한 덩컨의 아드님은 영국 왕실에 머무는데,   *25*
신앙심 깊은 에드워드가¹ 그분을 후의로 맞아들여
보살피니, 악의에 넘치는 운명도 그분의 지체에
손상을 입히지 못했어요. 맥더프는 그곳을 향해
떠났는데, 그 성인과 같은 영국 임금에게 청원하여,
노섬벌랜드 백작과 용맹스런 씨워드가² 왕자를 도와   *30*
출전케 하려는 거예요. 그리만 되면, 이분들—그리고
이 거사를 허락하여 주시는 주님—의 도움을 받아,
우리는 다시 편안하게 식사를 하고, 밤잠도 자고,
연회와 향연에서 피 묻은 칼들을 치워 버릴 것이고,
마음에서 우러나는 충성도 하고, 자유로운 영예를   *35*
누릴 것이니, 이는 우리가 지금 갈구하는 바이지요.
그런데 이 소식이 왕을³ 몹시 성나게 만들어,

---

1 Edward the Confessor(1042~66)는 영국의 임금이었는데, 신앙심이 매우 깊었
  기 때문에 이렇게 불렸다.
2 노섬벌랜드 백작의 이름이 씨워드인데, 그의 아들 이름도 씨워드이다.

전쟁을 치를 준비를 하고 있다고 합니다.

레녹스
맥더프에게 사람을 보냈답디까?4

귀족
그랬다더군요. 그런데 '이봐, 안 가겠네'라는   40
결연한 응답에, 사자(使者)는 뚱한 얼굴로 돌아서며,
이렇게 말하듯 툴툴댔다고 해요. '이런 대답으로
내 처지를 힘들게 만든 걸 후회하게 될 걸—'

레녹스
그 말을 맥더프가 들었다면, 좋은 경고였을 텐데—
슬기를 다해 가급적 위험을 멀리하라고 말예요. 5   45

---

3 맥베스를 말함. Folio판에는 "their King"으로 되어 있는데, 그렇다면 이는 영국왕 에드워드를 말하는 것이 된다. 새삼스럽게 영국왕이 진노하여 전쟁 준비를 한다는 말도 이상하게 들리거니와, 그다음 행에서 레녹스가 "Sent he to Macduff?" 라고 물을 때, 'he'는 분명히 맥베스를 지칭하므로, Thomas Hanmer가 수정하여 읽은 대로, "the King"이 맞다고 생각된다.

4 3막 4장 133행에서 맥베스는 맥더프에게 사람을 보내겠다는 말을 아내에게 했다.

5 "to hold what distance / His wisdom can provide."
몇몇 학자들은 '몸을 멀리 피한다'는 뜻으로 읽었는데, 여기서 'distance'는 맥베스로부터의 물리적 거리를 말함이 아니고, 위험을 불러올 수 있는 상황을 피하려 함을 말한다. 나중에 밝혀지지만, 맥더프의 도주를 알게 된 맥베스는 볼모나 다름없이 집에 남겨진 맥더프의 가족을 참살한다. 맥더프가 단순히 자신의 몸을 멀리 피한다고 해서 문제가 해결되는 것이 아니다. 여기서 레녹스의 말은, 모쪼록 맥더프의 은밀한 계획이 맥베스의 귀에 들어가지 않도록 주의해야 할 것이라는 점을 강조하고 있다. 이는 레녹스가 이어서 하는 말에 분명히 드러난다. "어느 성스런 천사가 영국 궁정으로 먼저 날아가, 그분의 뜻을 전해 주었으면 좋겠소."

어느 성스런 천사가 영국 궁정으로 먼저 날아가,
그분의 뜻을 전해 주었으면 좋겠소. 그리하여
저주받은 손 아래 고통에 시달리는 이 나라에
축복된 날이 빨리 돌아올 수 있도록 말이오.

귀족
나도 나의 기도를 그 천사의 나래에 실어 보내려오.   *50*

두 사람 퇴장

4막 1장

동굴 안.1
무대 한가운데에 끓는 가마솥이 있고, 천둥소리와 함께 세 마녀들 등장 †

마녀 1
줄무늬 진 고양이가 세 번 울었어.

마녀 2
고슴도치가 세 번하고도 한 번 더 웅얼댔어.

마녀 3
하피가2 소리치네. '지금이야, 지금이야.'

마녀 1
가마솥 주위를 둥글게 돌아라.
독에 절은 내장을 던져 넣어라.   5

---

1 Craig와 Harrison의 텍스트에는 "A cavern"으로 나타나 있고, Muir의 텍스트에
  는 "A house in Forres"로 되어 있다. 이 장면에서 맥베스가 등장하기 전, 마녀
  들과 헤커트 사이에 오고 가는 대사는 Thomas Middleton이 쓴 것이라고 학자
  들은 추정한다.

2 원문에는 "Harpier"로 되어 있는데, 모르긴 해도 'Harpy'를 말함인 듯하다. '하피'
  는 그리스 신화에서 새의 몸과 여자의 머리를 가진 괴물로 나타난다. 여기서는
  올빼미를 말함이라고 생각하는 학자들도 있다.

차가운 돌 아래 서른하나나 되는
낮과 밤을 내쳐 자며 독을 빚어낸
두꺼비—네놈을 먼저 이 마법의
솥에 넣어 끓도록 해야겠구나.

마녀들
곱절로, 곱절로, 애쓰고 고생해라.   *10*
불은 타오르고, 솥은 끓어 넘쳐라.

마녀 3
늪에서 잡은 뱀의 살 한 점,
가마솥에서 끓고 푹 고아져라.
도롱뇽 눈알과 개구리 발톱,
박쥐의 털과 개의 혓바닥,   *15*
독뱀의 혀와 눈먼 뱀의 독아(毒牙),
도마뱀 다리와 올빼미 새끼의 날개—
극심한 재앙을 부르는 마력을 위해
지옥의 열탕처럼 끓고 거품을 내라.

마녀들
곱절로, 곱절로, 애쓰고 고생해라.   *20*
불은 타오르고, 솥은 끓어 넘쳐라.

마녀 3
용의 비늘, 늑대의 이빨,
방부 처리된 마녀들의 시체,

탐식하는 상어의 밥통과 목구멍,
캄캄한 때 캐어낸 독미나리 뿌리,   25
불경스런 유태인의 간,
염소 쓸개와 월식 때 잘라낸
주목(朱木)의 가느다란 가지들,
투르크놈 코와 타르타르놈의 입술,
갈보년이 개골창에서 내질러   30
목 졸라 죽인 갓난아기 손가락 —
진하고 걸쭉한 죽탕을 만들자꾸나.
거기다 호랑이 내장도 집어넣어라.
그래야 솥 국물이 푸짐해질 테니 —

마녀들
곱절로, 곱절로, 애쓰고 고생해라.   35
불은 타오르고, 솥은 끓어 넘쳐라.

마녀 2
성성이의 피를 넣어 그걸 식혀라.
그러면 마력은 확실하고 미더워.

마녀 셋 거느리고 헤커트 등장3 †

---

3 이 무대지시문은 두 가지가 있다.
  (i) 〔Enter HECATE *and the other three* WITCHES.〕(Evans)
     〔Enter HECATE, *and the other three Witches.*〕(Muir)
  (ii) 〔Enter HECATE *to the other* THREE WITCHES.〕(Harrison)
     〔Enter HECATE *to the other three Witches.*〕(Craig)

헤커트

음, 잘했다! 너희들 수고가 가상하다.

해서 각자 자기 몫을 챙기게 될 게야.   *40*

자, 이제, 둥글게 선 요정과 정령처럼,

가마솥을 돌면서 노래를 부르자꾸나.

너희들이 넣는 것에 주력(呪力)을 더하며 —

음악과 노래 "어둠의 정령들은 …."4 헤커트 다른 세 마녀들과 퇴장 ⚔

마녀 2

내 엄지손가락들이 아린 걸 보니, 5

웬 못된 놈이 이리로 오나 보다. 〔문 두드리는 소리〕   *45*

누가 두드리든, 빗장을 열어라!

맥베스 등장 ⚔

(i)의 경우에는 헤커트가 이미 무대 위에 있는 마녀들 말고, 세 명의 마녀들을 더 데리고 나오는 것이 되고, (ii)의 경우에는 헤커트가 혼자 나와 이미 무대 위에 있는 마녀들과 섞이는 것이 된다. 어느 쪽을 취하든, 연출자의 의도에 달렸지만, (ii)의 경우라면, 군이 "to the other three Witches"라는 군더더기 말이 필요했을까? 나는 (i)을 택했다.

4 노래 가사는 원문에 포함되어 있지 않지만, 3막 5장 33행 다음에 나오는 노래 가사와 함께, Thomas Middleton이 쓴 〈마녀〉(*The Witch*)라는 작품에 나오는 것을 〈맥베스〉를 공연할 때에도 불렀기 때문에, 이 부분을 쓴 사람은 Thomas Middleton이었을 것이라고 학자들은 추정한다.

5 이 행부터는 셰익스피어가 쓴 것이라고 학자들은 생각한다.

맥베스
이런, 몰래 한밤중에 마법을 희롱하는 할멈들!
무슨 짓거리를 하고 있는 거야?

마녀들
무어라 불러야 할지 모를 일이라우.

맥베스
너희들의 주업인 마법에 걸어 묻노니,   *50*
알게 된 경위야 어떻든, 내 질문에 답해라.
너희들이 바람 보따리를 풀어 교회들에
몰아쳐 불게 하고, 부글대며 굽이치는 파도가
항해하는 배들을 덮쳐 삼켜 버리고,
안 익은 곡식은 자빠지고, 나무들은 불려 쓰러지고,   *55*
성곽들은 초병들 머리 위에 무너져 내리고,
왕궁들과 탑들은 바닥까지 머리를
기울여 쓰러지고, 살아 있는 모든 것이 더 이상
파괴될 수 없을 만큼 와해되어 버린다 해도—
내가 묻는 말에 대답을 하거라.   *60*

마녀 1
말해 봐요.

마녀 2
물어봐요.

마녀 3
대답해 줄게요.

마녀 1
말해 봐요, 우리들 입을 통해 들으려우?
아니면 우리 주인님들한테 직접?   65

맥베스
그것들을 불러내. 그것들을 보아야겠다.

마녀
새끼들을 아홉 마리나 잡아먹은 암퇘지 피와,
살인자를 목매단 밧줄에 배인 기름때를
불속에 부어라, 던져 넣어라.

마녀들
높든, 낮든, 나와요!   70
당신 모습과 직분을 간략하게 보여줘요!

천둥소리. 첫 번째 환영으로 투구 쓴 머리6 나타난다. †

---

6 이 머리가 누구의 것이냐에 대해 의견이 분분하다. (i) 맥더프라는 설(George
  Lyman Kittredge), (ii) 맥더프에 의해 목이 잘려 맬컴 앞으로 가져오게 되는 맥
  베스의 머리라는 설(Upton), (iii) 작품 초두에 처형당한 맥도널드의 머리라는 설
  (G. Wilson Knight) 등이 있다. 그러나 이는 관객의 상상력에 맡길 일이다.

맥베스
말해 다오, 미지의 정령아 —

마녀 1
당신 마음을 알아요. 듣기만 하고, 말은 말아요.

첫 번째 환영
맥베스! 맥베스! 맥베스! 맥더프를 조심하게,
파이프 영주를 조심하게. 그럼, 난 이만 가겠네. 〔내려간다〕7   75

맥베스
네 정체가 무엇이든, 충고해 주어서 고맙다.
네가 내 두려움을 옳게 짚었다. 한마디 더 —

마녀 1
명령대로 할 분이 아니우. 여기 또 하나 있수.
첫 번째보다 더 강력한 분이라우.

천둥소리. 두 번째 환영으로 피투성이 아이8 등장

---

7 무대지시문으로 보아, 공연시 무대 바닥에 있는 쪽문으로 환영이 머리를 내밀었
  다가 다시 내려갔다는 것을 알 수 있다.
8 달수가 차기 전에 어머니의 배에서 꺼낸 맥더프의 갓난아기 때의 모습을 상징하
  는 것으로 보통 받아들인다.

두 번째 환영
맥베스! 맥베스! 맥베스!   *80*

맥베스
내게 귀가 셋이라도, 들을 테다. 9

두 번째 환영
잔인하고, 대담하고, 단호하세요.
사람의 능력을 비웃으세요. 여자가 낳은 자는
아무도 맥베스를 해치지 못해요. 〔내려간다〕

맥베스
허면, 맥더프, 살아라. 너를 두려워할 필요가 없구나.   *85*
허나 확실히 하려, 운명이 한 약속을 지키게 만들겠다.
넌 살아선 안 돼. 그래야 가슴 떨게 하는 두려움에게
거짓말 말라 호령하고, 천둥이 쳐도 잠을 잘 것이니 ─
〔천둥소리. 세 번째 환영으로 왕관 쓴 아이,10 나뭇가지 들고 등장〕
왕의 자손인 양 올라오면서, 나어린 이마에
왕관을 쓰고 있는 이 아이는 누구란 말이냐?   *90*

마녀들
듣기만 하고, 말은 말아요.

---

9 자신의 이름을 세 번이나 부른 것에 대한 역증을 드러낸다.
10 나중에 나뭇가지를 꺾어 앞에 들고 던시네인으로 진군하도록 명하는 맬컴 왕자
   를 예시하는 것일 수 있다.

세 번째 환영
사자처럼 용맹스럽고, 당당할 것이며, 누가 툴툴대고
조바심하는지, 모반자들이 어디 있는지, 개의치 말아요.
맥베스는 결코 패퇴하지 않을 것이오. 거대한 버넘 숲이
높은 던시네인 언덕으로 그를 향해 진격해 올 때까지는. 〔내려간다〕 95

맥베스
그런 일은 있을 수 없어. 숲의 나무들을 징발해,
땅에 박힌 뿌리를 뽑으라 명할 자 뉘란 말인가?
상서로운 예언이구나! 좋아! 역심 품은 죽은 자야,11
버넘 숲이 움직일 때까지,12 결코 일어나지 말거라.
높이 오른 맥베스는 천수를 누릴 것이며,   100
때 되면 자연스레 마지막 숨을 내쉬리라.
그래도 내 가슴은 하나 알고파 뛰는구나.

---

11 "Rebellious dead,"(Folios, Evans, Muir) ; "Rebellious head,"(Craig, Harrison)
폴리오 판에 나오는 'dead'를 'head'로 바꾸어 읽으면, 93행에서 언급된 '모반자
들'과 결부시켜 그네들의 '머리'라는 뜻일 수도 있고, 아니면 첫 번째 환영인 '투
구 쓴 머리'일 수도 있겠다. 그러나 'dead'를 그대로 살려 읽어도 뜻이 잘 통할
뿐 아니라, 대사의 효과 면에서 더 낫다. 죽은 자가 살아나 다시 일어서는 것은
자주 차용되는 심상이다. 또 구체적으로 생각해 볼 때, 앞서 살해당한 뱅쿠오의
혼령이 맥베스의 눈앞에 나타났던 것에 대한 언급일 수도 있다. 따라서 나는
'head'가 아니라 'dead'를 택하여 번역했다.
12 "till the wood / Of Birnam rise,"(Craig, Evans, Harrison)
"till the wood / Of Birnam rise;"(Muir)
"till the wood / Of Birnam move,"(J. Dover Wilson)
원문에서 'rise'라는 단어가 연속적으로 나오기 때문에, J. Dover Wilson은 나중
에 나오는 'rise'는 잘못 필사한 것으로 보고, 'move'라고 바꾸어 읽었다. 이 번
역은 Wilson의 의견을 따랐다.

너희 마법으로 알 수 있다면, 알려 다오.
뱅쿠오 후손이 이 왕국을 통치하게 되느냐?

마녀들
더는 알려 하지 말아요.   *105*

맥베스
알아야겠다. 이를 거절한다면, 너희들은
영원한 저주를 받을 것이다. 알게 해 다오. 〔**솥이 내려가고, 피리 소리 들린다**〕
저 솥은 왜 가라앉느냐? 이건 무슨 소리냐?

마녀 1
보여줘!

마녀 2
보여줘!   *110*

마녀 3
보여줘!

마녀들
눈으로 보고, 가슴 아프게 해 줘!
그림자처럼 왔다가, 그렇게 사라져!

여덟 명의 왕들 무대 뒤쪽을 지나간다.
마지막 왕은 거울을 들고 있다. 그 뒤를 뱅쿠오의 혼령이 따른다.

맥베스

너는[13] 뱅쿠오의 혼령을 너무 닮았구나. 꺼져라!

네가 쓴 왕관은 내 눈알을 아리게 하는구나. 또   *115*

금관 두른 이마의 네 머리칼도[14] 처음 놈과 같구나.

셋째 놈도 앞의 놈을 닮았군. 더러운 할망구들!

왜 내게 이걸 보여주느냐? 넷째! 눈아, 튀어 나와라!

젠장, 이 왕통은 세상의 종말까지 이어갈 참인가?

그래도 또? 일곱째라? 이제는 더 보지 않겠다.   *120*

헌데 여덟째가 거울을 하나 들고 나오는구나.[15]

거울 속에 더 많이 보이는구나. 헌데 그들 중엔

보주(寶珠)를 둘, 왕홀(王笏)을 셋 든 자도 있어.[16]

끔찍스런 광경이야! 이제는 사실인 걸 알겠어.

---

13 맨 처음 나타나는 환영을 말함.

14 "thy hair,"(Hardin Craig, G. Blakemore Evans, G. B. Harrison, Kenneth
Muir) ; "thy air,"(Samuel Johnson)
Samuel Johnson은 맥베스가 단순히 왕관을 쓰고 나타난 두 번째 환영의 '머리칼'
이 첫 번째 환영의 그것과 같기 때문이 아니라, 그가 풍기는 '풍모'가 같다는 데에
충격을 받았을 것이므로, 'hair'보다는 'air'가 적절하다고 생각했다. 그러나 Folio
판에 분명히 'haire'로 되어 있으므로, 대부분의 텍스트는 이를 살리고 있다.

15 "And yet the eighth appears, who bears a glass"(Folio 3, Craig, Harrison, Muir)
"And yet the eight appears, who bears a glass"(Folio 1-2, Evans)
논리적으로 보아, 거울을 든 환영은 여덟째 하나이므로 'the eight'가 아니라 'the
eighth'가 옳다. 거울 속에 비친 얼굴들은 관객에게는 보이지 않으나, 앞으로 이어
져 나갈 왕통을 암시하는 것일 게다.

16 엘리자베스 여왕 사후, 스코틀랜드의 제임스 4세가 제임스 1세로 영국 왕위에
올랐으므로, 대관식을 두 번 하였기에, 대관식에서 왼손에 쥐는 보주가 둘이고,
영국의 왕은 잉글랜드, 스코틀랜드, 아일랜드를 함께 다스리기 때문에 왕홀이
셋이다.

피범벅이 된 뱅쿠오가 나를 보고 미소지으며,   125
자기 후손들을 가리키누나. 이렇게 되는 건가?

마녀 1
그렇다우. 사실인걸. 그런데 왜
맥베스는 이렇게 멍해 있지?
얘들아, 우리 이분 기운을 돋워 주자.
그리고 아주 멋진 여흥도 보여주자.   130
허공에 기를 넣어 소리 나게 할 테니,
너희들은 지랄춤이나 더덩실 추거라.
그래야 우리가 성의껏 응접을 했다고
이 위대한 왕께서17 정답게 말씀하실 게야.

음악. 마녀들 춤추다가 사라진다.18

---

17 여기서 원문에 나오는 "this great king"을, 맥베스가 아닌, 연극을 관람하고 있
　는 제임스 1세로 보는 학자들도 있으나 (예를 들면, Kenneth Muir), 나는 연극
　의 내적 상황에서 이 대사를 읽고 싶다. 작품 외적인 상황을 끌어들여 대사를
　읽는 것은 바람직하지 않다고 생각하기 때문이다. 더구나 이 작품이 제임스 1세
　의 등극을 축하하기 위해 쓰였고 공연되었다는 것이 사실이라면, 마녀들에 의해
　희롱을 당하는 맥베스와 극을 관람하는 제임스를 극중 대사 속에서 혼선이 생기
　도록 한다는 것은 상상할 수 없는 일이다.
18 Hardin Craig와 G. B. Harrison의 텍스트에는 헤커트가 마녀들과 함께 퇴장하는
　것으로 이 무대지시문에 나타나고 있는데, 앞서 43행 다음에 헤커트가 이미 퇴장
　한 것으로 무대지시를 하였기 때문에, 이는 잘못이라고 보아야 한다. Blakemore
　Evans의 텍스트와 Kenneth Muir의 텍스트에는 헤커트에 대한 언급이 무대지시문
　에 전혀 없다. 나는 후자가 옳다고 생각한다.

맥베스
어디 갔지? 사라졌나? 이 고약한 시각은   *135*
저주받은 때로 영원히 월력에 남으리라.
어이, 밖에 있는 자네, 들어와!

레녹스 등장 ⸸

레녹스
전하, 부르셨습니까?

맥베스
그 마녀들을 보았나?

레녹스
못 보았습니다, 전하.   *140*

맥베스
바로 곁을 지나갔을 텐데 —

레녹스
그런 일 없었습니다, 전하.

맥베스
그것들이 타고 나르는 공기는 오염되고,
그것들을 믿는 자들은 저주받으리라. 19

말발굽 소리를 들었는데 — 누가 왔나?   *145*

레녹스
전하, 두세 명이 소식을 가져왔사온데,
맥더프가 영국으로 도주하였다 합니다.

맥베스
영국으로 도주를 해?

레녹스
그러합니다, 전하.

맥베스
〔방백〕 시간아, 너는 내 잔인한 계획을 앞질러 버렸구나.   *150*
서둘러 계획을 세워도, 제때 행동하지 않으면,
이미 과거지사가 되어 버리고 말아. 이 순간부터,
내 마음에 떠오르는 생각은 일각의 지체도
허용치 않고 행동으로 옮겨야 해. 지금 당장,
생각을 행동으로 완결하려면, 생각과 행동을   *155*
동시에 하는 거야. 맥더프의 성을 습격해야지.
파이프를 점령하고, 그자의 여편네와 어린것들과
그자와 핏줄이 닿은 불운한 것들은 다 죽여야지.
바보처럼 떠벌이기나 하는 건 질색이야.

---

19 이 말을 하는 맥베스 자신도 마녀들의 말을 믿기 때문에, 스스로를 저주한다는
   아이러니가 성립된다.

이 열기가 식기 전에 해치워 버리는 거야.   *160*
까짓 환영(幻影)들이 다 무엇이야!
ㅡ그 사람들 어디 있나? 그들 있는 데로 가세.

두 사람 퇴장 †

4막 2장

파이프에 있는 맥더프의 성. 맥더프 부인과 아들, 그리고 로스 등장

맥더프 부인
무슨 일을 했기에 이 나라에서 도망쳤답니까?

로스
참으셔야 해요, 부인.

맥더프 부인
참지 못한 건 그이예요. 도망치다니, 미친 짓예요.
반역을 안 했어도, 겁먹으면 반역자가 되고 말아요.

로스
그분의 슬기인지 두려움인지 모르시잖습니까?   5

맥더프 부인
슬기라니요! 자기 여편네와 자식들과 저택과
재산을 다 남겨 놓고, 도망치는 것이 말예요?
우릴 사랑하지도 않고, 인정머리 없는 사람예요.
새 중에서도 제일 작은, 보잘것없는 굴뚝새도,

144

둥지에 새끼들이 있으면, 올빼미와 싸울 거예요.   10
온통 두려움뿐이지, 사랑이라곤 흔적도 없어요.
도주하는 게 정신 나간 짓이라는 것도 모르는데,
그런 사람한테 슬기는 무슨 알량한 슬기예요?

로스
부인, 제발 고정하세요. 부군에 대해 말씀드리자면,
고결하고, 현명하며, 판단력이 뛰어나고, 급변하는   15
시류를 잘 아시는 분예요. 더 길게 말할 순 없으나,
세월이 흉흉하여, 모르는 사이에 반역자가 되고,
두려운 것이 곧 소문이 되나, 무엇을 두려워해야
할지도 모르고, 그저 격랑 위의 배처럼 이리저리
부대끼는 신세지요. 그만 작별 인사를 드립니다.   20
오래지 않아 다시 찾아뵙겠습니다.
모든 일은 최악에 이르면, 그치게 마련이고,
아니면 개선되어 이전 상태로 돌아가겠지요.
내 귀여운 조카, 잘 있거라.

맥더프 부인
낳아 준 사람은 있는데, 아버지 없는 애로군요.   25

로스
더 지체하면, 어리석은 사람이 되고 말아요.
내게는 불명예일 테고, 부인께는 거북할 테니 —1

---

1 혹자는 이렇게 들을 수 있겠다. 즉, 더 머뭇거리다가는 눈물을 흘려 남자답지 못

지체 않고 떠납니다. 〔퇴장〕

맥더프 부인
애야, 네 아버지는 죽었단다.
넌 이제 어떻게 할래? 어떻게 살래?   *30*

맥더프 아들
새들처럼요, 엄마.

맥더프 부인
아니, 벌레하고 파리나 잡아먹으면서?

맥더프 아들
아무거나 닥치는 대로요. 새들도 그래요.

맥더프 부인
불쌍한 새! 너는 그물도, 끈끈이도,
함정도, 올가미도 무서워 않는구나.   *35*

한 모습을 보이고, 따라서 맥더프 부인을 거북하게 만들지 모른다. 그러나 로스
가 시류를 따르는 기회주의자라는 것을 이미 감지한 관객이라면, 이 말이 담고
있는 이중성을 놓치지 않을 것이다. 곧 자객들이 닥치리라는 것을 알고 있는 로
스는, 더 지체했다가는 친구의 가족이 참살당하는 것을 수수방관해야만 하는 곤
경에 처할 수밖에 없다는 것을 알기에, 자신만이 그 뜻을 아는, 악마적인 말을
하는 것이다.

맥더프 아들

뭐가 무서워요, 엄마? 불쌍한 새를 잡으려고 덫을 놓는 사람은 없어요. 엄마가 무어래도, 아버지는 안 죽었어요.

맥더프 부인

정말야. 돌아가신 거야. 아버지가 없는데, 어찌할래?

맥더프 아들

그럼, 엄마는 남편이 없으면, 어떻게 할래요?

맥더프 부인

시장에 가서 스무 명쯤 사면 되지.   *40*

맥더프 아들

그럼 샀다가 다시 팔면 되겠네.

맥베스 부인

이 녀석 머리깨나 굴려가며 말하네. 하지만,
어린 나이치곤 제법 말이 되게 재깔이는구나.

맥더프 아들

아버지는 역적예요, 엄마?

맥더프 부인

그래, 그렇단다.   *45*

맥더프 아들
역적이 뭐예요?

맥더프 부인
그건, 맹세를 하고 그걸 어기는 사람이지. 2

맥더프 아들
그러는 사람들은 다 역적예요?

맥더프 부인
그러는 사람은 다 역적이고, 목매달려야 해.

맥더프 아들
그럼 맹세하고 그걸 어기는 사람은 다 목매달리게 돼요?   *50*

맥더프 부인
한 사람도 빠지지 않고 —

맥더프 아들
누가 그 사람들을 목매달아요?

---

2 몇몇 학자들은 (이를테면 J. Dover Wilson) 맥더프 부인이 자기 남편을 역적이라
고 아들 앞에서 단언하는 것을 놓고, 임금에 대한 충성 맹세를 저버린 것보다는,
남편으로서 가족을 버리고 집을 떠난 것을 염두에 두고 하는 말이라고 설명했다.
그러나 자식이 자라 앞으로 무탈한 삶을 살기를 바라는 한 사람의 어미로서, 맥
더프 부인은 아들에게 '반역'의 위험을 강조하는 것이라고 봄이 옳을 것이다.

맥더프 부인
그야 정직한 사람들이지.

맥더프 아들
그렇다면 거짓말과 맹세를 일삼는 사람들은
바보들예요. 왜냐면 그 사람들은 정직한 사람들을   55
이겨서 목매달 수 있을 만큼 숫자가 많으니까요.

맥더프 부인
아이구, 요 원숭이 같은 녀석이라니!
그런데 넌 아버지 없이 어떻게 살래?

맥더프 아들
아버지가 돌아가셨다면, 엄마는 울 거예요. 엄마가
울지 않으면, 새아버지가 금방 생길 거란 표시겠죠.   60

맥더프 부인
입은 살아 가지고 ─ 못하는 말이 없구나!

제보자 등장

제보자
문안 여쭙니다, 마님. 저는 지체 높으신 마님을
알고 있습니다만, 마님께서는 저를 모르십니다.
마님께 신변의 위험이 닥쳐오는 듯하옵니다.
별 볼일 없는 자의 충고를 받아들여, 이곳에서   65

몸을 피하십시오. 자녀들과 어서 여기를 떠나세요.
이렇게 갑자기 놀라게 해 드려서 송구스럽습니다.
하오나, 시시각각으로 위험이 닥쳐오니, 잠자코
있을 수가 없습니다. 부디 하늘의 가호가 있으시길!
더 이상 지체할 수가 없습니다. 〔퇴장〕   70

맥더프 부인
어디로 몸을 피하지? 아무 잘못도 저지른 적이
없는데 — 하지만 이 몹쓸 세상에 살고 있잖아?
못된 짓은 칭찬받고, 좋은 일 하는 건 위험한
바보짓이라 이따금 여겨지기도 해. 허면, 맙소사,
잘못한 적이 없다고 애걸하는 아녀자의 변명을   75
늘어놓은들, 무엇해? 〔자객들 등장〕 이 얼굴들은 무어야?

자객 1
당신 남편 어디 있어?

맥더프 부인
당신 같은 사람이 찾아낼 수 있을 정도로
그렇게 불경스런 데가 아니었으면 해요.3

---

3 "I hope, in no place so unsanctified"
　L. C. Kights는 'unsanctified'라는 단어에 주목하면서, 3막 6장에서 맬컴이 영
　국의 신앙심 깊은 에드워드("the most pious Edward")에게 몸을 의탁하였다는
　말에 들어 있는 'pious'라는 단어와 연결지어, 맥더프가 간 곳이 영국의 궁전임
　을 은연중에 암시하고 있다고 말했다. 그러나 나는, 맥더프 부인이 자객을 상대
　로 무슨 지적인 놀이를 하는 것은 아닐 터이므로, 그냥 '너 같은 놈이 찾아낼 수
　없는 곳'이라는 의미로 이 단어를 썼다고 믿고 싶다.

자객 1
그자는 역적이야.   *80*

맥더프 아들
거짓말이야, 이 터럭머리4 악당아!

자객 1
뭐라구? 요 깨지도 않은 달걀!
역모의 씨라니! 〔아이를 찌른다〕

맥더프 아들
날 죽였어요, 엄마!
어서 빨리 도망치세요! 〔죽는다〕   *85*

'살인이야!' 외치며 맥베스 부인 퇴장. 자객들 뒤따라 퇴장 †

---

4 "shag-hair'd"(Hardin, Craig, Kenneth Muir)
  "shag-ear'd"(G. Blakemore Evans)
  "shag-eared"(G. B. Harrison)
  "shag-eared" 또는 "shag-ear'd"보다는 "shag-haired" 또는 "shag-hair'd"가 의미
  가 더 잘 통한다.

4막 3장

영국. 왕궁 앞.[1] **맬컴과 맥더프 등장**

맬컴
우리 어느 호젓한 그늘을 찾아, 거기서
슬픈 가슴이 후련하게 울어나 봅시다.

맥더프
그보다는 절치부심 검을 움켜잡고, 사나이답게
죽어가는 조국을 살려냅시다. 새 아침이 밝으면,
새 과부들이 울부짖고, 새 고아들이 울음을 터뜨리니,   5
새 슬픔이 하늘의 면상을 때려, 스코틀랜드와
고통을 나누는 듯, 하늘이 메아리치고, 똑같은
슬픔의 외마디를 지르는 듯하오이다.

맬컴
믿어 의심치 않는다면, 나는 슬퍼할 것이고,

---

1 *"England. Before the King's palace."* (Hardin Craig, G. B. Harrison)
"England. A Room in the King's palace." (Kenneth Muir)
망명 생활을 하고 있는 맬컴과 그를 찾아온 맥더프가 이야기를 나누는 장소로서
는, 궁전 안보다는 바깥이 어울릴 것 같다.

아는 것은 믿을 터이고, 바로잡을 수 있다면,   *10*
시의적절한 때를 보아, 그렇게 할 것이오.
장군이 말씀하신 것이 사실일 수도 있어요.
그 이름만 부르려 해도 혀가 아린 이 폭군이
충신으로 보인 적도 있었고, 그자를 좋아하셨지요.
그자가 아직은 장군을 가만두었어요. 나는 젊지만,   *15*
나를 통해 장군이 그자 후의를 입을 수도 있고, 2
성난 신을 달래려, 약하고 불쌍한 죄 없는 양을
제단에 바칠 수도 있다는 것쯤은 알고 있어요.

맥더프
저는 간교한 자가 아닙니다.

맬컴
허나 맥베스는 간교한 자예요. 왕명 아래에선   *20*
선량하고 덕성스런 인품도 굴복하고 마는 것.
부디 용서해 주시오. 장군께서 가지신 성품을
내 생각대로 바꿀 순 없어요. 천사들은 밝게 빛나지요.
제일 밝은 천사가 추락했지만 말이오. 3 추악한 자들이

---

2 "You may *deserve* of him through me," (Craig, Harrison, Muir)
  "You may *discern* of him through me," (Evans)
  대부분의 편집자들은 Folio판에 나오는 'discern'을 'deserve'로 바꾸어 놓았고,
  그래야 의미가 분명하다.
3 밀튼이 〈상실된 낙원〉에서 그렸듯, 하느님에 대한 반란을 주도한 것은 하느님으로
  부터 가장 사랑을 받던, 으뜸가는 천사 루씨퍼(Lucifer)였다. '루씨퍼'라는 이름
  자체가 '빛에 의해 태어난 자'(*light-born*)라는 뜻이다.

덕의 탈을 쓴다고 하지만, 덕 자체는 여전히 빛나지요.   *25*

맥더프

제 희망이 사라졌습니다.

맬컴

바로 그런 연유로 내가 의구심을 품는 건지도 모르오. 4
어찌하여 작별 인사도 않고, 부인과 아이를—그 소중한
애정의 원천을, 그 강한 사랑의 매듭을—그처럼 위험한
처지에 남겨 두셨소? 내가 이런 의심을 하는 것은,   *30*
장군을 욕보이려 함이 아니라, 오로지 나 자신의 안전
때문이라 이해해 주시길 바라오. 내가 어찌 생각하든,
장군 말씀이 옳은 것인지도 모르지요.

맥더프

아, 가련한 나라! 피 흘릴 수밖에 없구나!
막강한 폭정이여, 튼튼한 기반 위에 서 있거라.   *35*
선(善)도 너를 제어할 엄두를 못 내느니!
약탈한 왕권을 누려라! 인정받지 않았느냐!
안녕히 계십시오. 저 폭군의 손아귀에 있는
온 국토와 더불어 동방의 부를 다 준다 해도,

---

4 앞에서 맥더프가 '희망이 사라졌다'고 말했을 때, 그것은 맬컴을 설득하여 맥베
스를 제거할 희망이 사라졌음을 말함이었는데, 맬컴은 일부러 그 말의 뜻을 다
른 데로 돌려, 처자식과 무사히 재회할 희망이 사라져 낙담하는 것이 아니냐는
투로 말을 받는다. 그다음에 맬컴이 피력하듯, 맥더프가 처자식을 호랑이 굴에
남겨 놓고 그 자리에 와 있는 것이 납득이 안 된다는 뜻이다.

왕자님이 생각하는 그런 악당은 안 될 것입니다.   40

맬컴
노여워 마시오. 꼭 장군을 의심해서 하는 말이 아니오.
나 또한 조국이 멍에 아래 가라앉는 중이라 생각하오.
온 나라가 울고, 피 흘리고, 날이 새면 기왕의 상처에
새 상처가 더해지오. 그래서 나 나름대로, 나의 권리를
되찾아 주려는 움직임이 있을 것이라 예상하고 있다오.   45
그리고 여기 자애로운 영국 왕으로부터, 정예군 수천을
약속받았소. 허나 이 모든 사실에도 불구하고, 내가
그 폭군의 머리를 딛거나, 내 칼끝에 꽂아 들더라도,
불쌍한 내 나라는 전보다 더 많은 해악을 겪을 것이니,
뒤를 이어 왕위에 오를 자로 인해, 그 언제보다 더 큰   50
고통으로, 더욱 여러 면에서 시달리게 될 것이오.

맥더프
누구를 말씀하는 것이오이까?

맬컴
바로 나를 말하는 것이오. 내가 알기로는,
나에게 악덕이란 악덕이 깊이 심어져 있어,
그것들이 만개하면, 검기만 한 맥베스조차   55
눈처럼 희게 보일 것이오. 허면 불쌍한 조국은,
내가 끼치는 한없는 해악과 견주어 볼 때,
그자는 오히려 양과 같다고 생각할 것이오.

맥더프

끔찍스런 지옥의 무리들 가운데에서도, 맥베스를
능가할 만큼 악으로 저주받은 악마는 없을 겁니다.　　　　　　　*60*

맬컴

나도 그자가 잔인하고, 음탕하고,⁵ 탐욕스럽고,
거짓되고, 간교하고, 성미 급하고, 악의에 넘치고,
이름 있는 모든 악을 다 구비한 것은 알아요. 허나
내 음욕은 그 깊이를 잴 수가 없어요. 그대들의
아내, 딸, 마님, 하녀, 모두 다 데려와도, 내 욕정의　　　　　*65*
물통을 채울 수 없고, 내 욕망은 그를 억제하려 드는
모든 장애를 눌러 버리고 말 거요. 그런 자보다야
맥베스가 통치하는 것이 훨씬 나을 거요.

맥더프

인성에서 끝없는 무절제는 폭정과 같은 것입니다.
그것이 평온한 왕좌를 때아니게 빈자리로 만들었고,　　　　　*70*
많은 군왕들의 몰락을 가져왔지요. 허나 당연한 권리를
주장하기를 두려워 마세요. 은밀한 쾌락을 마음껏 즐기며,
겉으로는 순결하게 보일 수 있지요. 세상을 속이는 겁니다.
기꺼이 응할 여인들은 많아요. 군왕의 마음이 내키는 걸

---

5 맬컴의 말에도 불구하고, 작품 어디에서도 맥베스가 음탕한 자라는 증거는 없
다. 여기서뿐만 아니라, 맬컴이 들려주는 일련의 악덕들은 군왕에게 있어서는
안 될 성격적 결함들이고, 따라서 우리는 이 대사를 굳이 맥베스와 연결시켜 읽
을 필요는 없다. 극적 상황을 잠시 벗어나, 극작가가 국외자로서 하고픈 말을
삽입한, 일종의 '코러스'적인 대사로 봄이 타당할 것이다.

감지하고, 자신들의 정절을 바칠 의향이 있는 여자들을   75
모두 삼켜 버릴 만큼 색을 탐하실 수는 없을 것입니다.

맬컴

그뿐 아니라, 내 못된 심성에는 만족을 모르는
탐욕이 자라고 있어, 만약 내가 임금이 된다면,
영주들의 토지를 탐해 그들의 목을 자를 게고,
이자의 보석을, 저자의 저택을 빼앗으려 할 거요.   80
그리고 가지면 가질수록, 더 갖고 싶은 욕망을
부추길 게고, 종국에는 착하고 충성스런 신하들에게
부당한 시비를 걸어, 부를 빼앗으려 그들을 파괴할 거요.

맥더프

탐욕은 여름처럼 스쳐가는 욕정보다는 깊고,
훨씬 고약한 뿌리를 내리고 자라는 것이라서,   85
수많은 왕들을 죽인 칼이었지요. 허나 걱정 마세요.
스코틀랜드에는 왕실 재산만으로도 왕자님의 소유욕을
충족시키기에 충분한 부가 있습니다. 이 모든 흠결은,
이를 상쇄할 덕목들이 있는 한, 문제될 것이 없습니다.

맬컴

하지만 내겐 아무 미덕이 없어요. 군왕다운 덕목—   90
이를테면, 정의감, 진실성, 절제, 초지일관,
너그러움, 굳건한 추진력, 자비로움, 겸허함,
경건함, 인내심, 용기, 견인불발의 정신—
이 덕목들 중 하나도 그 기미를 찾을 수 없고,

오히려 온갖 악덕이란 악덕은 다 갖추었는지라,   *95*
못하는 짓이 없다오. 아니오, 내가 왕위에 오르면,
달콤한 조화(調和)의 젖을 지옥에 쏟아 버리고,
온 세상 평화를 휘저어, 지상의 화합을 깨뜨릴 게요.

맥더프

아, 스코틀랜드! 스코틀랜드!

맬컴

이런 자가 나라를 다스릴 수 있다면, 말씀하오.   *100*
내 사람 됨됨이는 이야기한 그대로요.

맥더프

다스릴 수 있다고요? 아뇨, 살 가치도 없지요.
아, 비참한 나라! 피로 탈취한 왕권을 휘두르는
폭군 아래, 언제 다시 바로 된 날들을 볼 것이냐?
왕위를 물려받을 적통의 후계자가 자신의 입으로   *105*
수권 자격을 스스로 박탈하고,6 왕통을 욕보이누나!
부왕께서는 성자 같은 임금이셨고, 모후께서는
서 계실 때보다는 무릎 꿇고 계실 때가 더 많아,
매일을 임종의 날처럼 사셨어요. 작별을 고합니다.

---

6 "the truest issue of thy throne / By his own interdiction stands *accursed*,"
 (Craig, Harrison)
 "the truest issue of thy throne / By his own interdiction stand *accus'd*,"
 (Evans, Muir)
 'accursed'보다는 'accused' 또는 'accus'd'가 자연스럽게 들린다.

왕자께서 자신에게 쏟아붓는 이 비난의 말들이   110
나를 스코틀랜드로부터 몰아내 버리는구려.
아, 내 가슴아, 네 희망도 여기서 끝이로구나!

맬컴
맥더프, 그대가 보여주는 이 고귀한 감정은
진솔한 마음의 소산이기에, 내 영혼으로부터
암울한 의구심을 몰아내었고, 나로 하여금   115
그대의 진심과 명예를 받아들이게 만들었소.
악마 같은 맥베스는 여러 가지 간계를 써가며
내 신병을 확보하려 했고, 그래서 나는 섣불리
믿고 따라가기를 경계했던 것이오. 허나 이제
그대와 나 사이는 주께서 보살펴 주실 것이오!   120
지금부터 나는 장군이 이끄는 대로 따를 것이며,
자기비하의 말을 취소하고, 내 자신에게 덮쓰운
오점과 결함들을 내 천성과는 거리가 먼 것으로
단언하며 떨쳐 버리겠소. 나는 아직 동정(童貞)을
지키고 있고, 맹세를 저버린 적이 없을 뿐 아니라,   125
당연히 내 소유인 것조차 탐내 본 적이 없고,
신의를 깨뜨린 적도 없으며, 악마라 할지라도
같은 패거리에게 팔아넘기지 않을 것이고,
생명 못지않게 진실 속에 기쁨을 찾고 싶다오.
내가 한 첫 거짓말은 나 자신에 관한 것이었소.   130
참된 나는 그대와 내 불쌍한 조국의 것이기에,
그 명을 따를 것이오. 장군이 여기 오시기 전에,
노장 씨워드가, 완벽한 임전태세를 갖춘 일만의

정예군을 이끌고, 영국으로 향하려던 참이었소.
이제 우리 함께 출정합시다. 우리의 대의명분에   *135*
손색이 없는 승리를 거둘 수 있기를 바랍시다.
어찌하여 잠자코 계시는 거요?

맥더프
반가운 일과 반갑지 않은 일이 동시에 닥치니,
어찌할 바를 모르겠습니다.

시의(侍醫) 등장 ⸓

맬컴
잠시 후에 말을 더 나누기로 하지요. 〔시의에게〕 전하께서 납시오?   *140*

시의
그렇습니다. 전하께 치료받기를 기다리는
불쌍한 자들 한 무리가 있사온데, 이네들의 병은
의술로는 치유가 불가합니다. 허나 전하의 손길만
닿으면 — 하늘이 내리신 신통력임이 분명하온데 —
병이 깨끗이 낫게 되는 겁니다.   *145*

맬컴
고맙소, 의사 선생. 〔시의 퇴장〕

맥더프
무슨 병을 이야기하는 겁니까?

맬컴

'군왕이 치유할 역질'이라 부른다오. 이 성군에게는
초인적 능력이 있는데, 내가 영국에 머물게 된 이래,
이 이적을 행하시는 걸 보아왔다오. 어떻게 하늘을   150
움직이시는지는 이분만 아시오. 이상하게 병에 걸린
사람들이 보기에도 끔찍하게 온통 붓고 곪아 터져,
의술로는 감당 못하게 되어도, 이분은 치유하세요.
환자들의 목에 금으로 된 메달을 걸어 주고, 경건한
기도 한마디 해 주시는 거예요. 사람들 말에 따르면,   155
앞으로 지속될 왕위에 오를 모든 분들에게 이 치유의
능력을 물려주실 것이라고 해요. 이 기이한 능력과
더불어 하늘이 주신 예언의 능력도 가지고 계시다오.
그리고 이분의 옥좌 주변에는 갖가지 축복이 맴돌아,
이분이 성령의 은총을 받고 계심을 보여준다오. 7   160

로스 등장 🕆

---

7 Edward the Confessor가 그의 신앙심에서 유래한 초인적인 능력으로 치유한 것
으로 알려진 'the King's Evil'이란 병이 있었는데, 이 병은 연주창이라 불리는
선병(腺病)으로, 임금의 손이 닿으면 치유가 된다고 믿었다. 그 후 영국의 왕들
은 이 신통력을 가졌다고 사람들은 믿었다 한다. 제임스 1세는 처음에는 주저했
으나, 중신들의 권고로 이 병의 치유에 임할 용기를 내었다 한다. 훗날 18세기
의 문인 새뮤얼 존슨도 어렸을 때 앤 여왕의 손길로 치유된 적이 있다는 이야기
가 전해진다. 난데없이 이에 대한 언급이 나오는 것은, 제임스 1세를 기쁘게 하
려는 의도가 있었음을 배제할 수는 없겠으나, 맥베스의 폭정에 병들어 가는 스
코틀랜드와 성자 같은 임금에 의해 돌봄을 받는 영국의 처지를 대비시키기 위함
이라고 보는 것이 온당할 것이다.

맥더프

보세요. 여기 오는 사람이 누구오이까?

맬컴

동포 같소. 하지만 알지 못하는 사람이오. 8

맥더프

언제나 변함없는 동포, 잘 오셨소.

맬컴

이제 알아보겠군. 주님이시여, 우리 두 사람을
서로 생소하게 만든 요인을 곧 없이 해 주소서.   *165*

로스

'아멘'이라 답하오리다.

맥더프

스코틀랜드는 여전하오?

로스

아, 가여운 조국! 스스로를 알기도 두려워하지요.

---

8 덩컨의 신하였던 로스를 맬컴이 알아보지 못할 리 없다. 그러나 맬컴이 로스를
  모르는 사람이라 말했을 때, 그 심리적 배경을 고려해 볼 필요가 있다. 덩컨이
  죽자, 로스는, 맥더프와는 달리, 왕위에 오른 맥베스를 섬겼다. 그리고 4막 2장
  에서 암시되듯, 로스는 양다리를 걸치고 사뭇 기회주의자적인 모습을 보인다.
  이러한 로스의 성향을 아는 맬컴에게 그의 출현은 반가운 것일 수가 없다.

모국이 아니라 무덤이라 불러야겠지요. 그곳에선
무지몽매한 자가 아니고선, 아무도 웃지를 않아요.   *170*
거기선 한숨과 신음과 허공을 찢는 비명이 들려도,
늘상 있는 일이지요. 그곳에서는 격렬한 슬픔도
일상일 뿐예요. 망자를 애도하는 조종이 울려도,
누굴 위한 건지 묻지도 않아요. 착한 사람의 삶은
그네들 모자에 꽂힌 꽃보다 먼저 시들어 버리니,   *175*
병도 들기 전에 죽어 버리는 것이랍니다.

맥더프
아, 너무 정확하고, 너무 진실된 고백이구려!

맬컴
가장 최근의 슬픈 소식은 무엇이오?

로스
한 시간 전의 일을 말하기가 무색할 정도예요.
매분마다 새로운 사건이 터지니까요.   *180*

맥더프
내 처는 어찌 지내오?

로스
무고하시지요.

163
4막 3장

맥더프
내 아이들은?

로스
마찬가지로 —

맥더프
폭군이 그것들의 평화를 깨뜨리지 않았다고요?   *185*

로스
아뇨. 내가 떠나올 땐, 평온을 누리고 있었어요. **9**

맥더프
그렇게 말을 아끼지 마시고 — 상황이 어때요?

로스
마음 무겁게 하는 소식을 전하려 이곳으로 올 때,
많은 용사들이 봉기하였다는 소문을 들었는데,
폭군의 군대가 출동하는 것을 보고, 그 소문이   *190*
틀림없는 사실이라는 믿음을 갖게 되었습니다.
지금이 출병할 적기입니다. 왕자님이 스코틀랜드에
모습만 보이셔도, 견디기 힘든 역경을 벗어던지려,

---

9 "they were well at peace when I did leave 'em."
여기서 'at peace'라는 구는 이중의 의미를 갖는다. 표면적으로는 '아무 일도 없
었다'는 말로 들리지만, 이미 이 세상 사람들이 아니기 때문에 '안식을 누리고
있었다'는 말로 들릴 수도 있다.

군사들이 모이고, 아녀자들도 싸움에 임할 겁니다.

맬컴
우리가 출병하리라는 걸 알면, 기뻐할 것이오.   195
온후하신 영국 임금께서 용장 씨워드와 휘하의
병사 일만과 동행토록 해 주셨소. 기독교 세계를
통틀어 이분을 능가하는 백전노장은 없을 게요.

로스
이 기쁜 소식에 기쁜 소식으로 화답하면 좋으련만!
허나 내가 전할 소식은 황야의 허공에나 울부짖어   200
아무도 들을 사람이 없어야 할 그런 소식이라오.

맥더프
누구에게 해당되는 소식이오? 모두요? 아니면,
어느 한 사람 가슴에 파고들 특별한 이야기요?

로스
올곧은 사람치고 슬픔을 나누어 갖지 않을 수는
없겠으나, 이 슬픔의 당사자는 바로 장군이라오.   205

맥더프
내가 당사자이면, 숨기지 말고, 빨리 말해 주오.

로스
장군께서 일찍이 들어 보신 그 어떤 소리보다

끔찍스런 소리를 들려드려야 하는 저의 혀를
장군의 귀가 영원히 저주하지 않게 해 주시오.

맥더프

흠! 짐작이 가오.   210

로스

장군의 성이 습격당했고, 장군 부인과 자녀들은
무참히 살해되었다오. 더 소상히 말씀드린다면,
이는 살해당한 가련한 사슴 같은 가족도10 모자라,
장군의 죽음을 더하는 일밖에는 아니될 것이외다.

맬컴

하느님 맙소사! 이보오, 장군! 눈물을 감추려   215
모자를 눌러쓰지 마오.11 슬픔을 말로 쏟으시구려.
침묵에 갇힌 슬픔은 짓눌려 허덕이는 심장에
귓속말을 하여, 터져 버리게 만드는 법이라오.

맥더프

내 아이들도?

---

10 "on the quarry of these murder'd (murther'd) deer,"
   'quarry'가 사냥에서 죽임을 당한 사냥감들의 더미를 뜻하므로, 'deer'는 자연스럽
   게 '사슴'을 뜻한다. 그러나 'deer'와 'dear'는 동음이의어(同音異意語, *homonym*)
   들이므로, '사랑하는 사람들'이란 뜻도 동시에 갖는다.
11 대사를 통해 무대 위에서 배우가 취할 동작을 지시하는 많은 예들 중의 하나이다.

로스

부인, 아이들, 하인들, 보이는 대로 모두—   *220*

맥더프

헌데 내가 거기 없었다니! 내 처도 참살당했소?

로스

말씀드린 대로요.

맬컴

마음을 굳게 먹으시오. 대대적인 복수를 약으로 삼아
이 처절한 슬픔을 치유토록 하십시다.

맥더프

자식이 없는 사람의 말이지.12 — 내 귀여운 것들을 다?   *225*
다라고 했소? 아, 지옥의 솔개 같은 놈! 다라고?

---

12 "He has no children."
　여기서 'He'가 누구를 지칭하느냐에 따라 이 말의 의미가 달라진다. (i) 이 번역에
서처럼, 'He'가 방금 위로의 말을 건넨 맬컴일 수 있다. '맬컴에게 자식이 있었더
라면, 복수를 통해 자식을 잃은 슬픔을 치유하라는 따위의 말은 하지 않을 것이
다.' 이러한 해석은 Kemp Malone과 A. C. Bradley의 지지를 받고 있다. (ii) 'He'
가 맥베스일 수도 있다. '맥베스에게 자식이 있다면, 그를 죽여 복수를 할 수 있을
텐데, 그렇지가 않아 유감이다.' 이런 의미로 읽으면, 맥더프의 인간으로서의 위
상이 다소 초라하게 느껴진다. '눈에는 눈, 이에는 이'라는 원시적 복수의 차원으
로 맥더프의 슬픔을 깎아내리기 때문이다. (iii) 'He'를 역시 맥베스로 보고, 또
달리 읽을 수 있는 의미는 이렇다. '맥베스에게 자식이 있었더라면, 남의 자식들
을 참살할 마음은 차마 들지 않았을 것이다.' 셋 다 가능한 해석이지만, 역자의
마음은 (i)로 기운다.

내 귀여운 병아리들과 그 어미 닭을 한꺼번에?

맬컴

남자답게 견뎌 내시오.

맥더프

그럴 것이오만, 사람인지라 감정은 있지요.

내게 가장 소중한 것들이 한때 있었다는 사실을   *230*

기억하지 않을 수가 없군요. 하늘도 무심하시지,

내려다보고만 계셨단 말입니까? 죄 많은 맥더프,

너로 인해 모두 죽임을 당한 거야! 하찮은 나 때문에,

그것들의 잘못이 아니라, 내 잘못으로 인해,13 잔혹한

죽음이 그것들 머리 위에 떨어진 거야. 평온하거라!   *235*

맬컴

이 일이 검을 벼리는 숫돌이 되게 하오. 슬픔을

분노로 바꾸고, 가슴의 날을 세워 번득이게 하오.

맥더프

아, 내 두 눈은 여자처럼 눈물을 흘리고,

내 혀는 푸념을 쏟아내었으면! 허나, 하늘이여,

모든 휴지(休止)를 생략해 버리소서! 스코틀랜드의   *240*

---

13 여기서 맥더프는 자신이 나라를 구하기 위해 맬컴을 찾아 영국으로 도주한 행위
   자체를 자책하는 것이 아니라, 남편으로서, 또 아비로서, 더 나아가서는 한 인
   간으로서, 충분한 덕을 갖추지 못한 탓으로 가족이 희생되었다는, 큰 의미에서
   의 자책을 토로하는 것이다.

악귀와 내가 맞닥뜨리게 하시고, 내 검이 닿을 곳에
그자가 있게 하소서! 만약에 그자가 도망친다면,
하늘도 그자를 용서하여도 좋으리!14

맬컴
이 음조(音調)는 사나이답소. 자, 전하께 갑시다.
군세는 갖추어졌고, 전하께 작별 고할 일만 남았소.   245
맥베스는 익어서 흔들면 떨어질 과일이고, 하늘도
우리를 도우려 무장하였소.15 만사가 그대들 전의를
북돋게 하시오. 긴 밤이 지나면, 낮은 밝아 온다오.

모두 퇴장 †

---

14 맥베스가 맥더프의 칼끝을 벗어날 수 있다면, 이는 맥더프 자신의 분노가 충분
치 않다는 것을 입증하는 것이니, 하늘이 그를 용서해 주어도 더 이상 불평하지
않겠다는 말.

15 "Put on their instruments."
두 가지로 해석된다. 그 하나는, (i) 〔하늘이 몸소〕 '무기를 든다', 또는 '무장한
다'는 의미이고, 다른 하나는, (ii) 'instruments'를 '하늘의 뜻을 대행하는 자들',
즉 영국으로부터 출진하는 반군들을 지칭한다고 보고, '하늘이 격려해 준다'는
뜻으로 읽는 것이다. 어느 쪽도 가능하지만, 역자는 전자를 택하고 싶다.

5막 1장

던시네인. 성안의 어느 곁방. 시의와 시녀 한 사람 등장

시의
당신과 함께 이틀 밤이나 지켜보았지만,
당신 말이 참이라는 증거를 잡지 못했소.
마지막으로 몽유(夢遊)하신 것이 언제였소?

시녀
전하께서 출전하시고 난 뒤, 왕비께서는
주무시다 일어나시어, 침실 옷을 걸치시고는,   5
함 자물통을 열어 종이를 꺼내어 접었다가,
거기에 무얼 써서 읽고, 다음엔 그걸 봉하고,
다시 잠자리에 드시는데, 계속 깊은 잠에서
깨어나지 않은 상태에서 그러시는 거예요.

시의
잠의 혜택도 누리면서, 깨어 있을 때 할 일을   10
동시에 하다니, 자연의 순리를 벗어난 거요!
그렇게 잠을 자며 움직이는 동안에, 걷거나
다른 어떤 행동을 하시는 것 말고, 언제고

무슨 말씀을 하시는 것을 들은 적이 있소?

시녀

선생님, 그럴 때 하신 말을 그대로 여쭐 순 없어요.   *15*

시의

나한테는 해도 돼요. 또 그래야 해요.

시녀

선생님께나, 다른 어느 누구에게도 안 돼요.
제 말이 틀림없다고 증언할 사람이 없거든요.
〔**맥베스 부인 촛불을 들고 등장**〕
보세요! 여기 오시는군요. 바로 이러신다니까요.
자신 있게 말씀드리는데, 깊이 잠들어 계세요.   *20*
잘 관찰해 보세요. 몸을 숨기시고 말씀예요.

시의

저 촛불은 어떻게 해서 켜들고 계실까?

시녀

그거야, 가까이 있던 거지요. 촛불을 늘 곁에
켜놓고 주무세요. 그리 대령하라 명하셨어요.

시의

보시게, 눈을 뜨고 계시군.   *25*

시녀
그래요. 하지만 보시지는 못해요.

시의
지금 무얼 하시는 거지? 저런, 손을 비비시네.

시녀
노상 저러신다니까요. 꼭 손을 씻는 것처럼 —
한 십오 분 동안 저렇게 하신 적도 있어요.

맥베스 부인
아직도 여기 흔적이 있어.　　　　　　　　　　　　　　　30

시의
쉬! 말씀을 하는군. 무어라시는지 적어 놓아야지.
내 기억이 확실하다는 걸 입증하기 위해서 말야.

맥베스 부인
사라져, 빌어먹을 얼룩! 없어지란 말야!
— 하나, 둘, 그럼 이제 할 때가 됐어.
— 지옥은 캄캄해! — 부끄럽지도 않아요?　　　　　　35
군인이면서도 무섭다고요? 누가 알게 되든,
두려울 게 뭐예요? 우리 권력을 문제 삼을
사람은 아무도 없는데 — 헌데 그 늙은이한테
피가 그렇게 많은 걸 누가 예상했겠어요?

시의
저 말 들었소?   *40*

맥베스 부인
파이프 영주에겐 부인이 있었어. 지금 어디 있지?
─이런, 이 손들은 깨끗해질 수가 없단 말야?
─그 얘긴 그만하세요, 여보, 그만하세요.
이렇게 움찔 놀라면 모두 그르쳐 버려요.

시의
아냐, 아냐. 알아선 안 될 걸 알아 버렸군.[1]   *45*

시녀
말씀해선 안 될 걸 말씀했어요. 그건 확실해요.
무얼 알아내셨는지는 하늘만이 아실 거예요.

맥베스 부인
여기 아직 피 냄새가 나. 아라비아에 있는 향수를
다 가져와도, 이 작은 손을 향기롭게 하진 못해. 오! 오! 오!

시의
이 무슨 깊은 한숨이람! 가슴이 메어지는 모양이야.   *50*

---

1 누구에게 이 말을 하는 것이냐는 생각하기에 달렸다. (i) 시녀에게. (ii) 자기
  자신에게. (iii) 맥베스 부인에게.

시녀
온몸이 높디높은 신분이라 해도, 가슴속에
저렇게 무거운 심장을 지니고 싶진 않아요.

시의
저런, 저런, 저런.

시녀
부디 회복하셔야 할 텐데—

시의
이 병환은 내 능력 밖이오. 하지만 몽유병에 시달리다가   *55*
침상에서 경건한 임종을 맞은 사람들을 본 적도 있다오.

맥베스 부인
손을 씻으세요. 잠옷을 입으세요.
그렇게 질린 얼굴로 있지 말아요.
다시 말하지만, 뱅쿠오는 묻혀 있어요.
무덤 밖으로 나올 수 없단 말예요.   *60*

시의
그랬었나?

맥베스 부인
침상으로—침상으로—누가 문을 두드려요.
자—자—자—자—내 손을 잡아요.

저지른 일은 되돌릴 수가 없어요.
침상으로 — 침상으로 — 침상으로 — 〔**퇴장**〕   65

시의
이제 잠자리에 드시는가?

시녀
곧바로요.

시의
고약한 소문이 돌고 있지. 인류을 저버린 행위는
자연을 거스르는 고통을 낳는 법. 병들은 마음은
귀먹은 베개한테 그네들의 비밀을 털어놓기 마련.   70
이분에게는 의사보다는 성직자가 더 필요하겠어.
주여, 우리 모두를 용서하소서! 잘 돌보아 드리시오.
이분이 자기 몸을 다치게 할 물건들을 치워 버리고,
항상 이분의 거동을 살피시오. 그럼, 편히 주무시오.
이분으로 인해 내 마음은 산란하고, 내 눈은 멍해졌소.   75
생각이야 하지만, 그걸 입 밖에 내지는 못하겠소.

시녀
안녕히 주무세요, 의원님.

두 사람 퇴장 †

5막 2장

던시네인에 가까운 들판. 북 치는 병사와 군기를 든
병사들을 앞세우고, 멘티스, 케이스니스, 앵거스, 레녹스, 병사들 등장

멘티스

맬컴과, 그분의 외숙 씨워드와,[1] 용감한 맥더프가 이끄는
영국 군대가 가까이 와 있고, 모두 복수의 일념으로
불타고 있소. 이분들께 사무친 명분은 죽어가는 자라도
유혈이 낭자한 참혹한 전장으로 뛰어들게 만들 것이오.

앵거스

아마 버넘 숲 근처에서 우리는 그들과 합류할 거요.   5
그네들이 그쪽으로 진격해 오고 있으니 ―

케이스니스

도널베인이 자기 형과 함께 있는지 아는 분 계시오?

레녹스

그렇지 않은 게 확실해요.[2] 지체 있는 분들의 명단을

---

1 홀린스헤드의 〈연대기〉에서는 노섬벌랜드 백작 씨워드가 덩컨의 장인으로 나와
있다. 따라서 씨워드는 맬컴의 외조부가 된다. 그러나 〈맥베스〉에서는 덩컨의 나
이가 대략 씨워드와 엇비슷한 것으로 되어 있으므로, 원문에 나온 대로, 'uncle'을
'외숙'으로 번역했다.

내가 확보했는데, 거기엔 씨워드 장군의 아드님과
그 밖의 많은 젊은이들이 있소. 이네들 대부분이   10
처음으로 실전을 체험하게 되는 사람들이라오.

멘티스
폭군은 무얼 하고 있답디까?

케이스니스
던시네인을 철통같이 방비하고 있지요. 미쳤다고
말하는 사람들도 있어요. 좀 덜 미워하는 사람들은
그걸 광기에 가까운 용기라 불러요. 허나 확실한 건,   15
제정신이 아닌 그자의 광태가 그 정도를 넘어서
자제가 불가능한 지경에 이르렀다는 것이오.

앵거스
이제는 그도 자신이 몰래 저지른 살인으로
흐른 피가 손에서 지워지지 않는 걸 알 거요.
그의 대역을 응징하려 반란이 분마다 일어나고,   20
그를 따르는 자들은 명령대로 움직일 뿐,

---

2 덩컨이 시해되고 나서, 맬컴과 도널베인은 각기 영국과 아일랜드로 도주한다. 정상
  적인 형제 관계라면, 망명생활을 하는 도중, 두 사람은 연락을 하고 지내 왔어야
  한다. 그러나 작품 초두에 형제가 헤어지고 나서, 작품이 마무리될 때까지 둘은
  다시는 만나지 않는다. 도널베인은 덩컨의 죽음과 함께 사라져 버린 존재다. 로만
  폴란스키가 감독한 〈맥베스〉에서 도널베인은 다리를 저는 모습으로 나타나고 있
  고, 영화의 마지막 장면은 그가 혼자서 마녀들의 동굴을 찾아가는 것을 보여주는
  것으로 끝난다. 정신적 불구를 육체적 불구로 가시화하려는 듯. 아니면, 질서 파괴
  를 야기하는 기존 질서에 대한 반란은 계속되리라는 것을 암시하기라도 하려는 듯.

마음에서 우러나서가 아녜요. 이제는 그자도
알았을 거요. 자신의 왕호가, 난쟁이 도둑이 걸친
거인의 도포처럼, 느슨하게 늘어져 있다는 것을.

멘티스
그의 마음속에 자리잡고 있는 모든 의식이   25
자책으로 괴로워하는 마당에, 고통으로
일그러진 그의 신경이 움츠러들었다가는
움찔 놀라고 하는 것을 탓할 수가 있겠소?

케이스니스
자, 진군합시다. 충성을 바쳐 마땅한 분을 위해 ―
병든 나라를 치유할 영약이 될 그분을 만나,   30
우리 조국을 정화하는 일에 마지막 한 방울까지
그분과 함께 우리 피를 흘려 보십시다.

레녹스
아니면, 지존의 꽃을 촉촉이 적셔 주고,
잡초를 잠겨 버리게 하는 데에 필요한 만큼 ― 3
버넘을 향해 진군합시다.

모두 퇴장 †

---

3 "To dew the sovereign flower and drown the weeds."
  "the sovereign flower"에서 "sovereign"은 두 가지 의미를 동시에 담고 있다. 그
  하나는 임금으로서의 권한을 말함이고, 또 하나는 '약효가 뛰어나다'는 의미도
  된다. 어느 경우이건, 이 구는 맬컴을 지칭하는 것이고, "flower"에 대응하여 나
  오는 "weeds"는 맥베스를 말함이다.

5막 3장

던시네인. 성안의 어느 방. 맥베스, 시의,1 하인들 등장

맥베스

보고는 더 가져오지 말아. 다 도망치라고 해.
버넘 숲이 던시네인으로 다가올 때까지는,
나는 두려울 게 없어. 애송이 맬컴이 무어야?
그자는 여자가 낳지 않았단 말야? 인간사를
꿰뚫고 있는 정령들이2 내게 이렇게 천명했어.   *5*
'두려워 말게, 맥베스. 여자가 낳은 자는 결코
자네를 제압 못해.' 하니, 지조 없는 영주들아,
도망쳐서 쾌락이나 좇는 영국놈들하고 섞여.
내 행동을 지배하는 판단과 내가 지닌 담력은
의혹으로 처지거나 두려움으로 흔들리지 않아.   *10*

하인 등장

---

1 나중에 쎄이튼이 등장할 무렵을 전후해 시의가 등장하는 것이 자연스러울 것이
  다. 그때까지는 시의가 무대 위에 나와 있을 필요가 없기 때문이다.
2 마녀들이 아니라 그들이 섬기는 정령들을 말한다.

이 허옇게 질린 얼간이, 악마의 저주로 검어지거라!3
어디서 그런 얼간망둥이의 얼굴을 주웠어?

하인
일만 명이나 되는—

맥베스
거위 말이냐, 이 등신아?

하인
병사들 말씀입니다, 전하.   *15*

맥베스
네 얼굴에 박차라도 긁어,4 허옇게 질린 상판을
벌겋게 만들렴, 이 겁쟁이. 무슨 병사들, 멍청아?
혼마저 죽을 놈!5 홑청처럼 하얗게 질린 네 뺨은
멀쩡한 놈도 겁먹게 하겠다.6 무슨 병사들 말야?

---

3 흔히 악마는 검은 얼굴을 가졌다고 믿었다. 하얗게 질린 하인에게 얼굴색을 바
  꾸라는 말이다.
4 Go, prick thy face,"
  "prick"은 '찌른다'는 뜻이지만, 여기서 일없이 얼굴을 〔바늘이나 송곳으로〕 찌른
  다는 것은 아무래도 이상하다. 지금 맥베스의 마음은 반군과 일전을 마다하지
  않을 각오로 차 있다. 그렇기 때문에, 하얗게 질린 하인에게 한판 전투를 치를
  마음의 준비나 하라는 의미에서 '박차'를 긁으라는 다소 은유적인 표현을 쓴 것
  이다.
5 육신은 멸해도, 영혼은 남는 것으로 믿었다. 그런데 맥베스는 겁쟁이로 보이는
  하인에게 '영혼마저 죽을 놈'이라고 악담을 하는 것이다.

하인

영국군 말씀입니다, 전하.

20

맥베스

네놈의 상판 치워 버려! 〔**하인 퇴장**〕 쎄이튼!7

— 쳐다보노라면,8 가슴이 저려. — 여, 쎄이튼, 있느냐? — 이 한판에

---

6 "those linen cheeks of thine / Are counsellors to fear."
Hardin Craig는 "counsellors to fear"에 관해 설명하기를, 'they suggest fear in conformity with psychological doctrine'이라고 말하면서, 1막 5장이 끝날 때, 맥베스 부인이 남편에게 하는 말 — "To altar favour ever is to fear"(1막 5장 74행) — 과 연결시켜 읽으려 했다. 즉, '얼굴색이 달라지는 것은 두려워하기 때문이다'라는 의미로 읽은 것이다. 그러나 앞서 역자가 1막 5장 74행에 대한 각주에서 밝혔듯이, 이는 잘못된 해석이다. 여기서 "counsellors to fear"는 '공포심을 부추긴다.' 즉, '다른 사람들까지 겁먹게 만든다'는 뜻이다.

7 쎄이튼(Seyton)은 맥베스 측근에서 시중드는 부하 이름인데, 그 발음(〔séitən〕)이 Satan과 같기 때문에 암시적이다. 맥베스가 가까이 두고 의지하는 존재는 '악마'일 뿐이라는 것을 고유명사 하나로 시사해 주기 때문이다.

8 "I am sick at heart, / When I behold — "
무얼 쳐다본다는 걸까? 흔히 추정해서 번역하듯, 겁쟁이 얼굴을 보면 속이 메스껍다는 뜻은 아닐 것이다. 마음에 안 드는 자를 보는 행위를 말함에 있어, 굳이 "behold"라는 무게가 실리는 동사를 썼을 리 없다. ('see'나 'look at'으로 족하다.) 여기서 "behold"라는 동사 다음에 무슨 말을 하려다가, 쎄이튼을 재차 부른다. 그리고는 다시 상념에 빠져든다. 이 혼잣말에 강조되는 것은 자신이 살아 온 삶이 허망한 것이었다는 깨달음이다. 따라서 맥베스가 "behold" 다음에 하려고 했던 말은 아마도 'the sky' 같은 것은 아니었을까? 역자가 이 부분을 읽을 때면 생각나는 문장이 있다. 크리스토퍼 말로(Christopher Marlowe)의 *Doctor Faustus*에서 주인공 포스터스가 악마에게 하는 탄식이다. "When I behold the heavens, then I repent, / And curse thee, wicked Mephistophilis, / Because thou hast depriv'd me of those joys."(*Doctor Faustus*, 6장, 1~3행) 여기서 "Mephistophilis"를 "마녀들"로 대치하면, 포스터스의 탄식은 그대로 맥베스의 말이 될 수 있다.

나는 영원한 평온을 누리게 되든지, 아니면 단번에 몰락하는 거야.9
나는 이만하면 오래 살았고, 내 인생살이도 이제
시들어 가고 있으니,10 누런 이파리에 비견할 만해.   *25*
노년에 즐겨야 할 영예, 사랑, 순종, 많은 벗들—
이런 것들을 나는 기대할 수가 없어. 그 대신에
조용하지만 깊은 데서 치솟는 저주, 아유, 헛말—
이런 것들을 가련한 가슴은 부인하려 해도,
그러질 못해. —이봐, 쎄이튼! 어디 있어?   *30*

쎄이튼 등장 †

쎄이튼
부르셨습니까?

---

9 "This push / Will *cheer* me ever, or *disseat* me now."
(Craig, Evans, Harrison, Muir)
이 문장에서 "cheer"와 "disseat" 두 단어들이 어떤 텍스트에서는 다르게 나타나기
도 한다. 즉, "cheer" 대신에 "chair"가, "disseat" 대신에 "disease", 또는 "dis-ease"
가 쓰인 경우도 있다. "chair"는 동사로 쓰여 '왕좌에 앉혀 놓다'는 의미와 연결지을
수 있고, "disease"는 '평온함을 빼앗는다'는 의미를 갖기 때문에 앞에 나온 "cheer"
에 반대되는 개념이 되므로, 둘 다 의미가 통한다. 그러나 나는 번역을 함에 있어
Craig, Evans, Harrison, Muir 등의 텍스트를 따르기로 했다.

10 "My *way* of life / Is fall'n into the sear [sere],"
Samuel Johnson은 "way"를 "May"로 바꾸어 읽었다. 인생을 계절의 순환으로 치
환하여 생각하면, 한창때는 오월에 해당한다. 그러므로 의미 있는 텍스트 수정
이기는 하지만, "way of life" 자체로도 뜻이 충분히 통하므로, 굳이 "way"를
"May"로 바꾸어 읽을 필요는 없을 것 같다.

맥베스
다른 소식은 없느냐?

쎄이튼
종전의 보고가 다 사실로 확인되었습니다, 전하.

맥베스
나는 싸우겠다. 내 뼈에서 살이 저며질 때까지 —
갑주를 가져와라.   *35*

쎄이튼
아직은 필요치 않습니다.

맥베스
무장을 하겠다. 기병들을 더 내보내, 서둘러 순찰토록 해.
겁에 질려 지껄이는 것들은 목매달아 버려.
갑주를 가져와. — 환자 상태는 좀 어떤가, 의사 양반?

시의
육신의 병은 깊지 않사오나, 전하, 몰려오는   *40*
망상에 시달려, 안정을 취하지 못하십니다.

맥베스
그걸 치유해 주란 말일세. 병든 마음을 고치려,
자네가 뿌리 깊은 슬픔을 기억에서 뽑아내고,
뇌리에 적혀 있는 번뇌를 깨끗이 지워 버리고,

망각을 유도하는 무슨 달콤한 해독제를 써서,   *45*
답답하게 가슴을 메우고 있어 심장을 무겁게
짓누르는 그 위험한 독소를 씻어낼 수는 없나?

시의
그것은 환자 스스로 하셔야 할 일이옵니다.

맥베스
의술은 개들에게나 던져 버려. 내겐 소용없어.
—자, 갑옷을 입혀 다오. 왕홀도 내게 주고.   *50*
쎄이튼, 어서 내보내. 11 —여보, 의사, 영주들이 도주한다네.
—자, 어서, 서둘러. 12 —여보, 의사, 당신이 이 나라의
소변검사라도 해, 그 병이 무언지 알아내서는, 깨끗이
치료해 원래의 건강한 모습으로 돌려놓을 수 있다면,
내 마음껏 박수갈채를 하고, 그 소리가 메아리쳐   *55*
다시 박수갈채하도록 해 줌세. —잡아당겨서 벗겨.
—무슨 하제(下劑)나 토사제(吐瀉劑)나13 정화제(淨化劑)가 있어,
이 영국놈들을 쓸어내 버린담? 자네 이것들 이야긴 들었지?

시의
예, 전하, 몸소 대비를 하시니, 저희들도 들어서 압니다.

---

11 37행에서 기병들을 성 밖으로 내보내라고 명령했는데, 이를 되풀이하는 것이다.
12 갑옷을 입혀 주고 있는 쎄이튼에게 하는 말.
13 "senna"(Craig, Harrison) ; "cyme"(Evans, Muir)

맥베스

그건14 나중에 가져와. ─ 버넘 숲이 던시네인으로   *60*

움직여 올 때까진, 죽음이고 파멸이고 두렵지 않아. 〔**퇴장**〕

시의

〔**방백**〕 내 이놈의 던시네인을 벗어나기만 하면,

천만금을 준다 해도 다시는 안 돌아올 테다.

모두 퇴장 †

---

14 장구의 일부이거나 무기일 것이다.

5막 4장

버넘 숲 가까운 들판. 북소리 들리고, 군기를 나부끼며,
맬컴, 씨워드 부자, 맥더프, 멘티스, 케이스니스,
앵거스, 레녹스, 로스, 그리고 병사들 진군하며 등장

맬컴

장군들, 편히 잠자리에 들 날도 멀지 않았소.

멘티스

그야 여부가 있습니까?

씨워드

우리 앞에 있는 이 숲은 무어라 하오?

멘티스

버넘 숲예요.

맬컴

병사마다 나뭇가지 하나씩 쳐서, 앞에 들게 하라.
그렇게 해서 우리 병사들 숫자를 감추고,
적으로 하여금 그릇된 보고를 받도록 하라.

5

병사
분부대로 시행하겠습니다.

씨워드
일치된 보고에 의하면, 자신만만한 폭군은
던시네인에 칩거하면서, 우리가 공략하기를   *10*
기다리고 있다 합니다.

맬컴
그자의 희망은 그뿐일 수밖에요. 왜냐하면
상황이 여의하여 기회가 주어지기만 하면, 1
신분이 높든 낮든 그자에게 반기를 들었고,
그자를 따르는 자들이랬자 강압에 의한 것일 뿐,   *15*
그네들의 마음은 이미 그를 떠났거든요.

맥더프
우리가 내릴 판단은 전투가 끝난 다음 일로
유보토록 하고, 당장은 결전에 임하십시다.

씨워드
확실한 결판을 내려 주어, 우리가 무엇을 성취했고,

---

1 (i) "For where there is advantage to be *given*," (Craig, Evans, Harrison)
  (ii) "For where there is advantage to be *gone*," (Dover Wilson, Muir)
  (i) 대로 읽으면, '유리한 상황이 주어지기만 하면,'이라는 의미가 되고, (ii) 대
  로 읽으면, '달아날 기회만 있으면,'이라는 의미가 된다. 나는 그다음 행과 자연
  스러운 의미상의 연결을 고려해 (i)을 택하여 번역했다.

무엇을 확보했는지, 우리로 하여금 확신을 가지고
말할 수 있게 하여 줄 때가 바야흐로 다가오고 있소.
막연한 추정은 불확실한 희망을 이야기하는 것일 뿐,
확실한 결과는 전투를 치른 후에야 알 수 있을 것이오.
이 사실을 염두에 두고 결전에 임하도록 합시다.

모두 진군을 계속하며 퇴장 †

5막 5장

던시네인. 성안. 북소리. 기치를 앞세우고, 맥베스, 쎄이튼, 병사들 등장

맥베스
깃발을 성벽 밖에 내다 걸어라. 계속해서 들리느니,
'적이 온다!' 소리로구나. 우리 성채의 견고함은
이깟 공격을 웃음거리로 만들 것이다. 기갈과 오한이
저것들을 다 해치울 때까지 포진하고 있으라고 해.
저들이 내 졸개들이었어야 할 자들로 보강되지만   5
않았던들, 저것들과 얼굴과 얼굴을 맞대고 부닥쳐
저것들 온 데로 쫓아냈으련만. ─저건 무슨 소린가?

무대 뒤에서 여자들 우는 소리

쎄이튼
여인들 울음소리입니다, 전하. 〔**퇴장**〕

맥베스
이제는 두려움이 어떤 것인지 거의 잊어버렸어.
한때는 올빼미 소리만 들어도 오관이 시릴 만큼   10
소스라치고, 무서운 이야기를 들으면, 머리카락이

올올히 일어서며, 살아 있는 듯 떤 적도 있었지.
난 이제 공포라면 하도 삼켜 진력이 났어.
제아무리 끔찍한 일도, 내 잔혹한 상념에
친숙한지라, 나를 놀라게 하지는 못해. 〔쎄이튼 등장〕 무슨 소리였나? *15*

쎄이튼
왕비께서 숨을 거두셨습니다, 전하.

맥베스
언젠가는 죽게 마련인 목숨이었어. '죽음'이란
말이 들릴 때가 언젠가는 오게 되어 있는 것을.
내일, 그리고 내일, 그리고 또 내일 ─ 이렇게
하루하루 작은 걸음으로 야금야금 기어가선,   *20*
약속된 시간의 종지부에 이르고야 말지. 해서
지나간 어제라는 날들은, 티끌 같은 죽음으로
멍청이들을 이끌어 가지. 꺼져라, 덧없는 촛불!
일생은 걸어가는 그림자, 별 볼일 없는 배우라!
무대 위에 나와서 정해진 시간만 껍죽대다가,   *25*
그다음엔 더 들리지 않게 돼. 천치가 들려주는
이야기와 같아서, 온통 왁자지껄 시끌덤벙한
소리와 아우성일 뿐, 아무 의미도 없는 게야.
〔전령 등장〕
혓바닥 놀리러 오는구나. 어서 지껄여 보렴.

전령
전하, 제가 본 것을 여쭈어야 하겠사오나,   *30*

어떻게 말씀드려야 좋을지 모르겠습니다.

맥베스
어서 말이나 해.

전령
제가 언덕 위에서 망을 보고 서 있을 때, 버넘 쪽으로
눈길을 돌리자, 숲이 움직이기 시작하는 듯했습니다.

맥베스
무슨 소리야, 이 거짓말 하는 노예놈!   *35*

전령
사실이 아니면, 마음껏 노여워하십시오.
세 마장 안에 숲이 다가와 있는 것을
보실 수 있사오니, 움직이는 숲이올습니다.

맥베스
네놈 말이 거짓이면, 바로 옆 나무에 네놈을
산 채로 매달아 굶겨 죽일 테고, 사실이라면,   *40*
네가 나를 그리해도 좋다. —내 마음이 약해지고,[1]
거짓을 진실처럼 들리게 만드는 악마의

---

1 "I pull in resolution,"
  George Lyman Kittredge는 "pull"을 〔말고삐를〕 당긴다'는 뜻과 연결지어, '결의
  가 마음껏 달리도록 허용하는 것을 그만둔다'는 의미로 읽었다. Samuel Johnson
  은 "pull"을 'pall'('시들해지다')로 대체하여 읽었다.

아리송한 말이 의심스러워지기 시작하는구나.
'버넘 숲이 던시네인으로 올 때까지 두려워 말라.'
헌데, 지금 숲이 던시네인으로 오는구나.   *45*
에라, 무장하자! 출정이다!
이자가 한 말이 사실로 드러난다면,
도망칠 수도, 머무적거릴 수도 없지.
이제는 태양조차 지겹게 느껴지기 시작하누나!
그리고 이 우주가 완전히 와해돼 버렸으면 좋으련.   *50*
출동 준비종을 울려라! 바람아, 불어라! 파멸아, 와라!
적어도 갑주는 등에 걸치고 죽으련다.

모두 퇴장 ✝

5막 6장

던시네인 성 앞의 들판. 북소리. 기치를 앞세우고,
맬컴, 노 씨워드, 맥더프, 그리고 나뭇가지들을 든 병사들 등장 †

맬컴

자, 거의 다 왔으니, 나뭇잎 가리개를 던지고,
있는 모습 그대로 드러내라. 외숙부님께서는
제 사촌, 귀한 아드님을 데리고, 주력 부대를
이끌어 주십시오. 맥더프 장군과 나는, 우리가
세운 계획대로, 그 밖의 작전을 수행하겠습니다.   5

씨워드

나중에 만납시다.
오늘 밤 폭군의 군대를 만나기만 하면, 제대로
한판 치르지 않을 바에야 차라리 지는 게 나아.

맥더프

진격 나팔을 일제히 불어라. 숨을 다해 불어라.
피와 죽음의 전령다운 우렁찬 소리를 퍼뜨려라.   10

나팔소리 들리는 가운데 모두 퇴장 †

5막 7장

들판의 다른 곳. 나팔소리. 맥베스 등장

맥베스
저들이 나를 장대에 묶어 놓았어. 도망치는 대신,
곰처럼 나는 죽을 때까지 싸워야 돼.¹ 도대체
여자한테서 태어나지 않은 놈이 누구야?
그런 자라면 몰라도, 내가 두려워할 놈은 없어.

젊은 씨워드 등장

젊은 씨워드
네 이름이 뭐냐?   5

맥베스
그걸 들으면 오금이 저릴 게다.

---

1 맥베스는 자신이 처한 상황을 'bear-baiting'에 비하고 있다. 셰익스피어가 살았던
시기에는 곰을 기둥에 쇠사슬로 묶어 놓고, 그 주위에 투견들을 풀어놓아 덤벼들
게 만들어, 결국은 곰이 개들에게 물려 죽는 모습을 보는 것이 여흥거리였다.

194

젊은 씨워드

천만에 ─ 지옥에 있는 어느 놈보다

더 고약한 놈의 이름을 대면 대수랴.

맥베스

내 이름은 맥베스다.

젊은 씨워드

악마가 제 이름을 대도, 내 귀에 10

네 이름보다 더 역겨울 순 없어.

맥베스

그래, 더 무서울 수도 없겠지.

젊은 씨워드

닥쳐, 이 혐오스런 폭군. 내 검으로

네놈 말이 거짓임을 입증해 주마.

둘이 싸우다, 젊은 씨워드 맥베스 칼에 쓰러진다.

맥베스

네놈도 여자가 낳아 주었구나. 여자가 낳아 준 놈이 15

휘두르는 건, 칼이건, 무슨 무기들이건, 우스울 뿐야. 〔**퇴장**〕

195

5막 7장

나팔 소리. 맥더프 등장 ⸸

맥더프
저쪽이 시끄럽군. 폭군아, 네 상판 좀 보여라.
네놈이 죽더라도 내 일격에 죽지 않는다면,
내 처자의 혼령이 언제나 나를 따라다닐 게다.
창대나 들라고 고용한 너절한 애란 용병들을   *20*
상대할 수야 없지. 맥베스, 너와 맞닥뜨리거나,
아니면, 내 검을 써 보지도 않고, 날이 멀쩡한 채,
다시 칼집에 꽂을 수밖에. 저기 있나 보구나.
소리가 요란한 걸 보니, 행세깨나 하는 놈이
있는 게 분명해. 운명아, 그자를 찾게 해 다오!   *25*
그러면 더는 바라지 않겠다. 〔**퇴장. 나팔 소리**〕

맬컴과 노 씨워드 등장 ⸸

씨워드
이쪽이오, 왕자님. 성은 쉽게 함락되었소.
폭군의 백성들은 양편으로 갈라져 싸우고,
영예로운 영주들도 용감하게 싸우고 있소.
승리는 왕자님의 몫임이 거의 확실해졌고,   *30*
이제는 할 일이 별로 없는 듯하오.

맬컴
마음에 없는 전투에 임한 적들을 상대한 거요.²

씨워드

자, 성안으로 들어갑시다.

모두 퇴장. 나팔 소리

---

2 "We have met with foes / That strike beside us."
"strike beside us"는 두 가지 의미로 풀이된다. (i) '우리 편을 들어 싸우다.'(G.
B. Harrison, Kenneth Muir) (ii) 〔적의가 없어〕 헛 칼질을 하다.'(J. Dover
Wilson, George Lyman Kittredge) 역자는 후자 쪽으로 마음이 기운다.

5막 8장

전장의 다른 곳. 맥베스 등장 †

맥베스
왜 내가 로마의 바보들처럼, 내 자신의 칼에 죽어?1
살아 있는 것들이나 보이는 대로 베어 버려야지.

맥더프 등장 †

맥더프
돌아서! 지옥의 개야, 돌아서!

맥베스
다른 누구보다 너를 피하고 싶었다. 돌아가라.
내 영혼은 벌써 네 일족의 피로 무거워졌구나.   5

맥더프
말 않겠다. 내 음성은 내 검에서 들어라.

---

1 〈줄리어스 씨저〉에서 캐씨어스와 브루터스, 그리고 〈안토니와 클레오파트라〉에
 서 마크 안토니가 적의 포로가 되는 수모를 피하기 위해 스스로 목숨을 끊는다.

말로는 그려내지 못할 잔학한 악당놈!

둘 싸운다.

맥베스

공연히 애쓰는구나. 나를 피 흘리게 만드느니,
자를 수 없는 허공에 칼집 내는 것이 쉬울 게야.
네 칼은 다칠 수 있는 머리 위에나 내려치거라.   *10*
나는 영험(靈驗)한 생명을 지니고 있는지라,
여자에게 태어난 자에게는 굴할 수가 없단다.

맥더프

네 영험이란 건 단념하는 것이 나아. 네가 노상
모셔 온 그 악령한테 이런 말을 해 달라고 하렴.
맥더프는 달이 차기도 전에 어머니 배를 가르고   *15*
세상에 나오게 되었다고—

맥베스

내게 그 말을 들려주는 네 혀에 저주 있어라.
네 말에, 내 충천하던 의기도 주눅이 드는구나.
그리고 아리송한 말로 인간들을 현혹하면서
기망을 일삼는 악귀들을 더는 믿지 말지어다.   *20*
그것들은 귀에는 달콤한 약속을 들려주고,
막상 기대는 깨뜨리니—너완 싸우지 않겠다.

맥더프

허면, 항복하거라, 비겁한 놈! 살아남아서,
세상 사람들에게 진기한 구경거리가 되거라.
희한한 괴물들처럼, 네 화상을 장대에 걸고,   *25*
그 밑에 써 놓으마. '예 와서 폭군을 보시오.'

맥베스

항복하지 않겠다. 애송이 맬컴의 발 앞에 엎드려
땅에 입 맞추고, 어중이떠중이의 저주를 받으며
놀림감이 될 수야 있겠느냐? 설령 버넘 숲이
던시네인을 향해 움직여 오고, 여자가 분만해서   *30*
태어나지 않았다는 네가 적수라 할지라도,
난 마지막 승부를 겨루어 보련다. 내 발 앞에
전력 오랜 내 방패를 내던진다. 덤벼라, 맥더프.
'그만, 됐다!'고 먼저 외치는 놈에게 저주 있으라.

둘 싸우며 퇴장. 나팔 소리

5막 9장

던시네인 성안.[1] 전투 중지를 알리는 나팔 소리.
고수와 기수들을 앞세우고, 맬컴, 노 씨워드, 로스, 그 밖의 영주들과 병사들 등장

맬컴
한동안 안 보이는 벗들이 무사히 도착했으면 하오.

씨워드
어느 정도의 희생은 각오해야겠지요. 하지만, 여기
모인 사람들로 보아, 이 대승은 쉽게 거둔 겁니다.

맬컴
맥더프와 장군의 아드님이 안 보입니다.

---

1 Hardin Craig, G. B. Harrison 등은 9장을 별도로 구분하여 설정하지 않고, 이
부분을 8장의 연속으로 보았다. 이에 반해, G. Blakemore Evans, Kenneth
Muir, A. R. Braunmuller 등은 9장을 별도로 있게 하였다. 7장이 끝날 때 씨워
드가 들려주는 대사로 미루어, 맬컴을 비롯한 몇 등장인물들은 이미 던시네인
성안에 들어가 있다고 보아야 한다. 그런데 이 장면을 8장의 연속으로 보면, 이
네들이 다시 들판에 나와 있는 것이 된다. 따라서 역자는 9장을 독립적으로 설
정하는 것이 옳다고 본다. 다만, 9장을 따로 마련한 Evans, Muir, Braunmuller
등은, 8장이 끝날 때, 맥베스가 죽임을 당하는 것까지 무대지시로 확실히 밝혀
놓았는데, 이는 불필요할 뿐만 아니라, 극적 효과 면에서도 바람직하지 않다고
본다. 9장에서 맥더프가 맥베스의 수급을 들고 등장하는 것으로 충분하다.

로스
장군, 장군의 영식은 군인의 빚을 갚았습니다.   *5*
짧은 삶이었습니다만, 남아임을 증명했지요.
한 발짝도 물러서지 않고 싸우는 가운데
그분의 무용(武勇)이 이를 입증하는가 하였더니,
그만 그분은 사나이답게 죽음을 맞았습니다.

씨워드
허면, 죽었나요?   *10*

로스
예. 시신은 들판에서 옮겨 모셨습니다. 장군께서
애도하실 이유를 그분의 인격으로 가늠치 마소서.
그리하였다가는 끝이 없을 것입니다.

씨워드
상흔은 몸 앞쪽에 있던가요?

로스
예, 정면에 —   *15*

씨워드
허어, 그렇다면 그 녀석 주님의 병사였소!
설령 내게 머리칼만큼 아들이 많았더래도,
이보다 더 장한 죽음을 축수하진 않을 거요.
자, 그러니 그 녀석 위한 조종은 이미 쳤소.

맬컴

더 크나큰 슬픔을 느껴야 마땅할 것인즉,   *20*

나 그를 위해 더 많은 눈물을 뿌릴 것이오.

씨워드

더 슬퍼할 것 없소이다. 삶을 잘 마무리했고,

임무를 잘 수행하였다니, 주님의 가호가 있으리다!

여기 새로운 위안을 가져오는 분이 있구려.

맥베스의 수급을 장대에 매달고2 맥더프 등장 †

맥더프

전하! 국왕의 이름으로 하례드립니다. 보십시오. 여기   *25*

찬탈자의 저주받은 수급이 있습니다. 평화가 왔습니다.

전하께선 전하의 왕국의 보배들에 둘러싸여 계시온데,

이들 모두가 마음속으로 소신의 하례를 복창하오리다.

다 함께 우렁차게 외칩시다. 스코틀랜드 국왕 폐하 만세!

일동

스코틀랜드 국왕 폐하 만세! 〔웅장한 나팔 소리〕   *30*

맬컴

과인은 오랜 시간이 가기 전에, 여러분이 과인에게

---

2 무대지시문은 단순히 "with Macbeth's head"라고 되어 있지만, 맥더프가 하는
  말에, "where stands / The usurper's cursed head"라는 표현이 들어 있으므로,
  맥베스의 수급을 장대 끝에 매달거나 꽂고 들어오는 것이 확실하다.

베풀어 준 은공을 헤아려, 한 분 한 분에게 합당한
보답을 하고자 하오. 나의 영주들과 친족들, 그대들은
지금부터 백작들이시오. 이는 스코틀랜드의 임금이
처음으로 봉하는 작위요. 앞으로 하여야 할 일들 ─   35
이는 새 시대를 열며 차차 확립해야 할 것이오만 ─
이를테면, 삼엄한 경계를 폈던 폭정의 올가미를 피해
해외에서 도피 생활을 하던 벗들을 불러들이는 일,
그리고 죽은 도살자와 그의 악귀 같은 왕비 ─ 스스로
무참하게 목숨을 끊은 것으로 짐작되는 바이오만 ─   40
이네들의 잔인한 하수인들을 색출해 내는 일,
그 밖에 과인이 수행해야 할 일들이 많소이다.
이 모든 일을, 주님의 가호 아래, 과인은 순차적으로
적법하게 시간과 장소에 맞추어 시행토록 하겠소.
그러면 여러분 모두에게 일일이 감사를 표하면서,   45
스콘에서3 거행될 대관식에 참석하여 주기 바라오.

웅장한 주악 울리며, 모두 퇴장 🗡

---

3 Scone은 스코틀랜드의 고대 왕도인데, 그곳에 있는 '운명의 돌' 위에서 스코틀
랜드 역대 왕들의 대관식을 거행하였다고 한다.

맥베스는 11세기 스코틀랜드에 실재했던 인물이다. 따라서 우리는 〈맥베스〉를 한 편의 역사극으로 간주하여도 크게 잘못된 일은 아닐 것이다. 그러나 우리가 〈리어왕〉을 고대 켈트 왕국의 임금 리어가 겪은 노년의 비극을 다룬 사극으로서보다는 인간의 삶에서 가장 핵심적인 문제이기도 한 부모와 자식들 사이의 갈등에서 유래하는 한 편의 가정비극으로 봄으로써 이 작품의 본질에 더욱 가까이 다가갈 수 있는 것과 마찬가지로, 〈맥베스〉도 스코틀랜드의 역사에 등장하는 한 무장이 저지른 임금시해와 왕위찬탈이 야기한 질서의 붕괴와 마침내 이루어지는 질서의 회복이라는 피상적인 작품구도를 떠나 양심과 욕망 사이의 갈등과 후자가 전자를 제압했을 때 야기되는 비극으로 이 작품을 봄이 타당할 것이다.

　셰익스피어의 4대 비극들 가운데 가장 나중에 쓰인 이 작품은 그 길이도 가장 짧고, 동시대의 다른 극작가, 즉 토머스 미들튼(Thomas Middleton)이 마녀들이 등장하는 짧은 장면들을 비롯해 몇 군데를 부분적으로 맡아 쓴 것으로 학자들이 추정하듯, 공연일정에 맞추어 서둘러 완성한 작품이라는 인상을 짙게 풍긴다. 튜더 왕조의 마지막 임금인 엘리자베스 1세의 사후 스코틀랜드의 제임스 4세가 영국의 왕위를 계승하여 제임스 1세로 등극함으로써 스튜어트 왕조를 열게 되었고, 셰익스피어는 제임스의 조상인 뱅쿠오와 결부된 스코틀랜드 역사의 한 부분을 극화한 것이다. 역사적으로 뱅쿠오는 덩컨 시해에 연루되었던 인물로 알려져 있으나, 제임스가 그의 후손이었기 때문에, 이 작품에서는 덩컨 시해와는 전혀 관련이 없고, 그저 맥베스에 의해 살해당하는 인물로만 그려지고 있다.

〈맥베스〉 공연에 임하는 영국 배우들 사이에는 숱한 비화들이 전해진다. 이 작품의 초연을 시작으로 공연 도중 크든 작든 불의의 사고가 일어나고는 하였다는 것인데, 배우들은 이것이 마녀들의 해코지에 기인한다고 무대 뒤에서 수군거리고는 했단다. 여러 해 전 역자가 가르치던 학생들이 〈맥베스〉 전막을 원본대로 공연한 적이 있다. 그때 무대 소도구를 준비한 학생들은 맥베스와 맥더프의 마지막 결투 장면에서 기왕이면 진검승부의 효과를 얻고자, 쇠로 달구어 벼린 검들을 대장간에 특별 주문해서 무대 위에서 쓰도록 하였다. 연극 공연이 아닌 실제의 혈투를 방불케 하는 아슬아슬한 장면에서 검과 검이 부딪칠 때마다 쩽그렁 소리를 내며 불꽃이 튀고는 했는데, 맥더프로 분한 박종구 군은 맥베스 역을 맡았던 나선인 군을 하마터면 무대 위에서 살상할 뻔하였다. 다행히 공연은 무사히 끝났고, 다시 〈맥베스〉 공연을 한다면 절대로 쇠붙이는 무대에 들고 나오지 못하게 하리라 다짐하였던 기억이 아스라이 되살아난다.

극의 전개

1막 1장

폭풍우 치는 황야에서 세 명의 마녀들이 곧 맥베스를 만날 것을 기약한다.

1막 2장

부상당한 사관이 덩컨 왕에게, 코더 영주가 이끄는 반군을 제압한 맥베스가 뱅쿠오와 함께 이룬 무훈에 대해 보고한다. 그때 앵거스와 로스가 도착하여, 맥베스가 승리했고, 반군의 수괴인 코더 영주가 붙잡힌 사실을 알린다. 덩컨은 코더 영주의 처형을 명하고, 코더 영주가 지금까지 향유했던 작위와 재산을 맥베스에게 포상으로 하사할 것을 천명한다.

1막 3장

마녀들이 모여 있는 곳에 맥베스와 뱅쿠오가 나타나자, 마녀들은 맥베스가 글라미스의 영주는 물론, 코더의 영주, 그리고 장차 왕이 될 사람이라 부르며 그를 맞는다. 그리고 뱅쿠오 자신은 왕이 되지 않으나 그의 자손들이 왕위를 이어갈 것이라 예언한다. 마녀들이 사라지자 곧 로스와 앵거스가 도착하여, 맥베스가 코더의 영주로 임명된 사실을 전한다. 마녀들의 첫 번째 예언이 적중하자 맥베스와 뱅쿠오는 놀라게 되고, 맥베스는 자신이 앞으로 왕이 될 것이라는 예언과 연결지어 자신이 그동안 지녀 온 왕위를 향한 야심을 방백에서 토로한다.

1막 4장

덩컨은 승전한 맥베스를 치하하고, 인버니스에 있는 맥베스의 성을 방문하여 하룻밤을 보내고 싶다고 말한다. 곧이어 덩컨은 장남 맬컴을 '컴벌랜드의 왕자'로 봉함으로써 차기 왕위계승자임을 천명한다. 맥베스는 한발 앞서 귀가하여 왕을 맞을 준비를 시키겠다고 하며 물러난다. 맥베스는 맬컴이 왕위계승자로 지목된 것에 몹시 마음 상해 한다.

1막 5장

맥베스 부인은 남편이 보낸 편지를 읽고, 마녀들의 예언과 함께 그 일부가 적중한 것을 알게 된다. 그녀는 이 소식에 기뻐하면서도, 남편의 마음이 모질지 못한 것을 큰 장애 요인으로 여긴다. 덩컨이 인버니스를 방문한다는 소식에, 맥베스 부인은 그날 밤 덩컨을 살해하기로 마음을 굳힌다. 남편이 도착하자 마음 내켜하지 않는 그에게 모든 일은 자기에게 맡기라고 말하며, 덩컨 살해의 계획을 노골적으로 밝힌다.

1막 6장

맥베스 부인은 인버니스에 도착한 덩컨을 정중하게 맞는다.

1막 7장

맥베스는 살인이라는 죄가 불러올 응보에 대해 고뇌한다. 맥베스 부인은 남편의 유약함을 힐난하며 남편의 야심을 부추긴다. 맥베스는 결국 덩컨을 살해하기로 결심한다.

2막 1장

인버니스에서 아들 플리언스와 야간 경비를 하고 있는 뱅쿠오 앞에 맥베스가 나타나 대화를 나눈다. 뱅쿠오는 마녀들의 예언이 듣는 이의 판단을 흐리게 할 수도 있다는 말을 하며 주의를 환기시키려 하는 데 반하여, 맥베스는 짐짓 그 예언을 깡그리 무시하는 듯 응수한다. 혼자 남은 맥베스는 피 묻은 단검의 환영을 보고, 시해라는 행위가 얼마나 엄청난 범죄인지 의식하면서도, 덩컨의 침실로 향한다.

2막 2장

덩컨 침실의 경비자들에게 약을 탄 술을 먹인 맥베스 부인은 남편을 기다린다. 부인 앞에 나타난 맥베스는 덩컨을 살해했다고 말하면서, 차후로는 잠을 잘 수 없으리라고 외치는 목소리를 들었다고 한다. 피 묻은 단검을 덩컨의 침소에 남겨 놓지 않고, 들고 온 남편을 나무라면서, 맥베스 부인은 단검을 도로 그 자리에 가져다 놓으려 간다. 그녀가 돌아왔을 때, 문을 두드리는 소리가 들린다. 맥베스 부인은 두 사람이 침실로 돌아가 잠자고 있는 것처럼 행동할 것을 종용한다.

2막 3장

문 두드리는 소리가 계속해서 들리는 가운데 술에 취한 문지기가 나타나, 자신이 지옥의 문지기라고 말하며 너스레를 떤다. 마침내 맥더프와 레녹스가 들어오고, 맥베스는 그제야 깨어난 것처럼 행동한다. 맥더프가 왕을 깨우러 간 사이, 레녹스는 맥베스에게 간밤의 폭풍우가 예사롭지 않았다는 말을 하고, 곧이어 맥더프가 소리치며 들어와 임금이 살해된 사실을 알린다. 맥베스는 왕의 침실로 달려가고, 맥베스 부인, 뱅쿠오, 맬컴, 도널베인이 등장한다. 맥베스가 돌아와, 왕의 침실에 함께 있던 하인들이 범인들임에 틀림없다고 판단하고 그들을 죽였다는 말을 한다. 모두 옷을 챙겨 입으려 흩어지자, 맬컴과 도널베인은 그네들의 목숨도 위태로울 수 있음을 감지하고, 맬컴은 영국으로, 도널베인은 애란으로, 각기 도주하기로 결정한다.

2막 4장

한 노인이 로스에게 간밤에 일어났던 역천적인 현상들에 대해 말해 준다. 그곳을 지나가던 맥더프는 로스에게 두 왕자들이 도주했고, 맥베스가 즉위하게 되었다는 소식을 전해 준다.

3막 1장

뱅쿠오는 맥베스가 덩컨 시해의 장본인임을 의심해 마지않으면서, 자신의 후손들이 왕위에 오를 것이라는 마녀들의 예언을 되뇐다. 맥베스는 뱅쿠오가 플리언스와 함께 말 타고 출타할 예정이라는 것을 알고, 저녁에 열릴 만찬에 늦지 않도록 하라고 짐짓 당부한다. 뱅쿠오가 떠나자 맥베스는 마녀들의 예언을 저지하려는 마음에 뱅쿠오와 플리언스를 살해할 계획을 세우고, 자객들을 불러 두 사람이 돌아올 때를 기다려 살해하라고 지시한다.

3막 2장

맥베스 부부는 뱅쿠오로 인해 그네들이 성취한 왕위 찬탈이 결국은 무위로 돌아갈 것에 대한 불안감을 서로 토로하지만, 맥베스는 아내에게 곧 놀라운 사건이 일어날 것이라는 암시를 해 준다.

3막 3장

두 명의 자객들은 맥베스가 보낸 또 하나의 자객과 함께 뱅쿠오를 척살하지만, 플리언스는 도주한다.

3막 4장

맥베스가 연회를 주재하는 자리에 자객이 와서 뱅쿠오를 척살했으나 플리언스는 놓쳤다는 보고를 한다. 맥베스가 자리로 돌아와 앉으려는 순간, 뱅쿠오의 혼령이 나타나 맥베스가 앉을 자리를 차지한다. 맥베스는 그에게만 보이는 뱅쿠오의 혼령을 향해 다른 사람들이 이해할 수 없는 말들을 쏟아내고, 맥베스 부인은 어설픈 이유를 대며 남편의 이상한 행동을 대수롭지 않은 것으로 넘기려 한다. 혼령이 재차 등장하자 맥베스는 다시 광기를 보이고, 연회는 자연히 파한다. 맥베스는 마녀들을 찾아가 자문을 받기로 마음먹는다.

3막 5장

마녀들의 수장 헤커트는 마녀들에게 맥베스를 맞을 준비를 철저히 하라고 이른다.

3막 6장

레녹스와 귀족 한 사람이 대화를 나누는 가운데, 덩컨과 뱅쿠오의 돌연한 살해가 맥베스에 의한 것이었음을 시사하고, 영국으로 망명한 맬컴을 도

우려 맥더프가 떠나간 사실을 언급한다.

4막 1장

마녀들과 헤커트는 맥베스를 맞을 준비를 끝내고, 맥베스가 도착하자 헤커트는 자리를 뜬다. 정령들 셋이 차례로 나타나 맥베스의 질문에 답한다. 투구를 쓴 머리의 형상을 한 첫 번째 정령은, 맥더프를 경계하라 이르고, 피투성이 아이의 모습을 한 두 번째 정령은, 여자에게서 태어난 자는 맥베스를 해할 수 없다고 말해 주고, 왕관을 쓴 아이의 모습을 한 세 번째 정령은, 버넘 숲이 던시네인으로 움직여 오기 전에는 맥베스는 무탈할 것이라고 예언한다. 뱅쿠오의 후손들이 왕이 될 것이냐는 질문에, 뱅쿠오의 미소를 뒤로 하고 여덟 명의 왕들이 맥베스의 눈앞을 스쳐간다. 환영들과 마녀들은 곧 사라지고, 레녹스가 맥베스에게 맥더프의 도주를 알린다. 맥베스는 맥더프의 가족을 몰살하기로 마음먹는다.

4막 2장

남편의 돌연한 출국에 맥더프의 아내는 가족의 안위를 염두에 두지 않은 남편을 원망한다. 재기 넘치는 어린 아들과 이야기를 나누는 도중, 한 제보자가 그들 신변에 위험이 닥친 것을 알려 주고 자리를 뜨자 말자, 자객들이 도착해 맥더프 아들을 죽이고, 달아나는 그녀를 뒤쫓는다.

4막 3장

자신을 찾아온 맥더프의 진심을 알기 위해 맬컴은 자신이 왕재가 아님을 역설한다. 맬컴이 맥더프의 충정을 확인한 후 그와 뜻을 같이 하기로 결의하는 순간, 로스가 등장하여 맥더프에게 그의 가족이 참살당한 사실을 알려 준다. 맥더프는 복수를 맹세하고, 곧 맬컴과 함께 맥베스를 응징하는 출정에 임하기로 결정한다.

5막 1장

몽유병에 시달리는 맥베스 부인의 처절한 모습을 의사와 시녀가 함께 엿듣고, 왕비의 마음에 숨겨진 무서운 사실들을 두 사람은 알게 된다.

5막 2장

스코틀랜드의 반군 지휘관들이 맬컴, 맥더프, 그리고 씨워드가 이끌고 오는 영국 군대와의 조우에 대해 이야기를 나누고, 맥베스의 본거지인 던시네인 성 가까이 있는 버넘 숲에 집결하기로 결정한다.

5막 3장

정령들의 말을 굳게 믿는 맥베스는 스코틀랜드의 반군과 영국에서 쳐들어 오는 군대를 전혀 두려워하지 않는다. 시의는 맥베스에게 왕비의 병은 마음의 병이기 때문에 자신의 의술로는 치유가 불가능하다는 말을 한다.

5막 4장

맬컴은 자신이 이끄는 병사들에게 각자 버넘 숲의 나뭇가지로 위장을 하여 적으로 하여금 그네들의 병력을 가늠하기 어렵게 하라고 지시한다.

5막 5장

쎄이튼은 맥베스에게 왕비가 스스로 목숨을 끊은 사실을 보고한다. 아내의 죽음을 알게 된 맥베스는 삶의 허망함에 대한 유명한 독백을 들려준다. 곧이어 버넘 숲이 다가오고 있다는 보고를 들은 맥베스는 정령의 예언이 얼마나 공허한 것이었는지 깨닫지만, 마지막 결전에 임하기로 마음먹는다.

5막 6장

맬컴, 맥더프, 씨워드는 던시네인으로 진격해 온다.

5막 7장

맥베스는 젊은 씨워드를 가볍게 죽이고, 계속 전투를 계속한다.

5막 8장
맥더프와 맥베스가 맞닥뜨리게 되자, 맥베스는 맥더프에게 여자에게서 태어난 자는 그를 제압할 수 없다는 말을 하게 되고, 맥더프는 자신의 출생이 자연스런 분만이 아니었다는 사실을 알려줌으로써 일시적으로 맥베스의 용기를 꺾지만, 맥베스는 마지막까지 결투를 포기하지 않는다.

5막 9장

맥더프는 맥베스의 수급을 가지고 나타나 맬컴을 스코틀랜드의 새 군주로 천명한다. 맬컴은 논공행상을 약속하며, 그 자리에 있는 모든 사람들에게 스콘에서 거행될 대관식에 참석해 줄 것을 부탁한다.

맥베스의 비극

〈맥베스〉는 셰익스피어의 4대 비극 중 하나다. 그런데 이 작품의 특이한 점은 주인공이 악인이라는 사실이다. 더 나아가서 셰익스피어의 비극들 중에서 악인이 주인공인 작품은 〈리처드 3세〉와 〈맥베스〉, 두 편뿐이다. 악인을 한 비극의 주인공으로 설정했을 때, 작가가 의도한 것은 무엇이었을까?

〈리처드 3세〉와 〈맥베스〉 두 작품의 주인공들로 하여금 악인이 되게 만든 동인은 왕위를 향한 집념이다. 그러나 글로스터 공작 리처드와 맥베스는 판연히 다른 성향을 보이는 인물들이다. 리처드는 왕좌에 오르기 위해 비열하기 짝이 없는 계략을 세우고 이를 실천함에 있어 양심의 거리낌이란 눈곱만치도 찾아볼 수 없을 정도로 무자비하게 목표를 향해 나아가는 인물이다. 그리고 그렇게 해서 쟁취한 왕권에 대해 일말의 양심적 가책이나 회한을 보이지 않는 자다. 이에 반해 맥베스는 욕망과 양심 사이의 갈등 속에서 고뇌하는 것은 물론, 군왕 시해라는 엄청난 일을 저지르고 나서 끊임없는 고통과 악몽에 시달리는 모습을 보인다.

셰익스피어의 다른 비극들과 비교해 볼 때, 〈맥베스〉는 '운명비극'이라는 인상을 짙게 풍기는 작품이다. "우리가 일을 대충 마무리하더라도 인간사를 깔끔히 매듭짓는 것은 신의 뜻"이라고[1] 햄릿이 호레이쇼에게 토로하듯, 셰익스피어의 모든 비극 작품들에서 보이지 않는 신의 섭리가 인간사에 개입하는 것은 사실이지만, 〈맥베스〉에서처럼 주인공이 정해진 운명의 틀에서 벗어날 여유가 허용되지 않는 듯 보이는 경우는 별로 없다. 〈리어왕〉에서 글로스터가 아들 에드가에게 말하는 바대로, 나름

---

1 "There's a divinity that shapes our ends, / Roughhew them how we will."
 (Hamlet, V, ii, 10~11)

의 덕목을 갖춘 비극의 주인공들을 "심술궂은 소년들이 잠자리를 잡듯 제 신들이 장난삼아 죽이는"2 경우가 많은 것 또한 사실이지만, 다가오는 운명을 피할 기회는 이들 대부분에게 항시 주어져 있다. 그러나 맥베스는 처음부터 끝까지 운명의 수레바퀴에서 벗어날 수 없는 것처럼 보인다. 운명의 여신의 말단 하수인들인 마녀들의 출현과 그들의 예언이 이런 생각을 짙게 만든다.

그러나 맥베스가 마녀들의 첫 번째 예언이 적중한 것 — 그가 코더의 영주로 봉해짐 — 을 알고 난 다음에야 비로소 왕위를 찬탈할 마음이 생겼다고 보이지는 않는다. 덩컨의 어머니와 맥베스의 어머니는 자매였다. 덩컨과 맥베스의 외조부인 맬컴 2세는 딸만 둘 있었고, 큰딸의 아들인 덩컨이 왕위에 올랐던 것이다. 그러나 그들의 외증조부 케네스(Kenneth)가 정해놓은 왕위계승의 원칙대로라면, 맥베스도 덩컨에 못지않게 왕위에 오를 자격이 있었다. 더구나 덩컨은 온유한 성품을 지녔을 뿐, 맥베스 같은 무장 출신도 아니고 막강한 군세를 좌지우지할 수 있는 실력자도 아니다. 맥베스가 반군을 제압하고 나자 덩컨이 서둘러 그의 장남 맬컴에게 '컴벌랜드 왕자'의 칭호를 부여함으로써 차기 왕권의 계승자임을 천명하는 것도 사촌인 맥베스가 충분히 위협적인 존재가 될 수 있음을 의식했기 때문일 것이다. 맬컴을 '컴벌랜드 왕자'로 지명하는 덩컨의 선언을 듣고 맥베스가 들려주는 방백은 이렇다.

〔혼잣말〕 '컴벌랜드 왕자'라! 이 발판에 걸려
내가 넘어지든가, 아니면 뛰어넘어야 할 테지.
내 앞길을 막으니 말야. 별들아, 빛을 감추어라!
내 검고 깊은 욕망을 빛이 보지 못하게 하라.

---

2 "As flies to wanton boys are we to the gods. / They kill us for their sports."
(*King Lear*, Ⅳ, Ⅰ, 38~39)

눈아, 손이 하는 일 보지 말거라. 하고 난 다음
눈이 보기를 두려워할 일이지만, 해치우자. 〔**퇴장**〕

(1막 4장, 49~54행)

　이 말대로라면, 맥베스의 심중에는 이미 왕위찬탈의 욕망이 자라고 있었고, 애송이 맬컴이 왕위계승권자로 선포되는 순간, 덩컨 시해의 상념이 더욱 확고하게 자리잡게 된 것이다. 앞서 마녀들의 첫 번째 예언이 적중한 것을 보고 맥베스는 다음과 같은 대사를 들려주었다.

　〔**혼잣말**〕 이 초자연적인 것들의 유혹은
사악한 것일 수도, 선한 것일 수도 없어.
사악한 것이라면, 왜 애초에 사실을 알려 주어
나중에 올 일을 보증하지? 나는 코더의 영주야.
선한 것이라면, 그 일은 상상만 해도, 머리칼을
곤두서게 만들고, 내 천성에 어울리지 않게
내 평온해야 할 심장이 갈비뼈를 때리게 하는데,
왜 그 생각을 하게 되는 걸까? 눈앞의 두려움은
머릿속에 그리는 끔찍한 장면과는 비교도 안 돼.
내 상념은─아직은 살인이 상상에 불과한데도─
인간으로서 지녀야 할 평온을 뒤흔들어 버려,
공허한 상상에 짓눌려 사고의 기능은 마비되고,
내게 남은 것이라고는 근거 없는 허상뿐이구나.

(1막 3장, 130~142행)

　〈리처드 3세〉에서 글로스터 공 리처드가 왕위에 오르는 과정에는 그에게 견마의 충성을 다하는 출세지향적이고 기회주의적인 버킹엄이 큰 역할을 한다. 그러나 맥베스에게는 그와 같은 조력자가 없다. 맥베스의 비밀을 나누는 공모자로는 그의 아내가 있을 뿐이다. 맥베스가 반군을 진압하고 귀가하기에 앞서 마녀들과의 조우와 그들의 첫 번째 예언이 적중한 사실을 알려주는 편지를 아내에게 보내는데, 그 서신을 읽고 맥베스 부인은 그녀의 심경을 이렇게 토로한다.

> 당신 글라미스 영주면서 코더 영주군요. 그다음엔
> 약속된 자리에 오르겠죠. 하지만 당신 성품이 걱정예요.
> 제일 가까운 길을 택하기엔 당신 너무 인정이 많아요.
> 당신은 높은 자리에 오르고 싶은 마음이 있고,
> 야심이 없는 것도 아녜요. 그런데도 그걸 위해 필요한
> 사악함을 갖지 못했어요. 당신은 높은 걸 얻으려 하면서,
> 그걸 순리대로 얻고자 해요. 부당한 행위를 마다하면서,
> 부당한 걸 쟁취하려 해요. 글라미스 공, 당신은 원해요.
> 갖고 싶으면 '이렇게 해야 돼'라고 외치는 그걸 말예요.
> 행하고 싶지 않다기보다는, 행동으로 옮기기를
> 두려워하는 그것 말예요.
>
> (1막 5장, 15~25행)

그리고 그날 밤 덩컨이 유숙하러 온다는 전령의 말을 듣고는 다음과 같은 기원을 한다.

> 까마귀도 목쉰 소리로 울어대며, 덩컨이
> 내 성채 안으로 죽으려 드는 것을 알리누나.
> 오거라, 살기 어린 상념을 부추기는 정령들아.
> 와서, 내게서 여자다운 성정일랑 지워 버리고,
> 머리부터 발끝까지 극악무도한 잔혹함으로
> 가득 채워 다오! 내 피를 진하게 만들어 주고,
> 가책으로 이르는 길목과 통로를 막아 다오.
> 그리하여 자연스레 찾아드는 연민의 정이

내 잔인한 목표를 흔들거나, 내 뜻을 이룸에
끼어들지 않게 해 다오! 살기 돋친 정령들아,
내 여자의 가슴에 와, 젖일랑 다 말려 버리고
쓸개물로 채워라. 보이진 않으나 본질은 있어,
어디에서건 너희들은 자연을 해치지 않느냐!
칠흑 같은 밤아, 자욱한 지옥의 연기로 너 자신을 감싸,
내 예리한 비수가 제가 내는 상처를 보지 못하게 하고,
하늘이 어둠의 장막을 찢고 내려다보며, 이렇게
소리치지 못하게 해 다오 —'멈춰라, 멈춰!'

(1막 5장, 38~54행)

실로 소름끼치는 주문(呪文)이다. 맥베스가 전투에서는 "벨로나의 배
필"이 되기에 충분한 용장이기는 하지만, 그는 아담의 후예답게 아내에게
휘둘림을 당하는 남편으로 그려지고 있다. 덩컨 시해라는 엄청난 행위 앞
에서 주저하면서도 아내의 강권을 뿌리치지 못하고 덩컨의 침실로 향하는
맥베스의 모습에서 우리는 'uxoriousness'(아내의 뜻을 거역 못함)의 전형
을 본다. 그러나 그가 아내의 부추김에 응하는 것은 아내의 뜻을 거역 못
해서만이 아니라, 그의 마음속에 담겨진 욕망이 아내의 집요하고 강렬한
권유로 인해 그 불길이 더욱 강렬하게 타올랐기 때문이다.

하룻밤 묵고 가기로 되어 있는 덩컨을 살해하기로 결심하고 나서도 맥
베스는 그가 저지르려는 행위를 앞에 놓고 번민에 번민을 거듭한다.

한번 해치우는 것으로 일이 다 끝나는 것이라면,
빨리 해치우는 게 나아. 시역(弑逆)을 저지른 뒤,
후환이 전혀 없고, 이자 죽고 나서 내 목적이 다
이루어진다면 —일격을 가하면, 그것으로 모두
끝나고, 모든 일이 마무리될 수 있다면 —, 지금,

219
작품해설

영원한 시간의 모래톱에 지나지 않는 현세에서,
바로 지금, 내세야 어찌되든 결행을 하련만—
허나 이 경우에는 항상 현세의 심판이 따르는 법—
우리가 살인의 시범을 보이면, 그걸 보고 배운 자가
가르쳐 준 자에게 되돌려 주지. 불편부당한 정의는
우리가 만든 독배를 마시라고 그것을 우리 입술에
가져다 대지. 왕은 나를 갑절로 믿기에 여기 온 거야.
첫째로는 내가 그의 근친이고 신하이기 때문에,
나는 그런 짓을 해서는 아니 될 처지에 있고, 또
내가 그를 접대하는 입장이니, 그를 살해하려는 자가
못 들어오게 문을 잠가야지, 내가 칼을 들 수야 없지.
게다가 이 덩컨이란 자는 왕권을 행사함에 온유함을
잃지 않았고, 국사를 처리함에 있어 선명하였는지라,
그의 덕목들은 천사들의 모습을 하고, 나팔처럼 요란한
음성으로, 군왕 시해라는 저주받은 행위를 논죄할 거야.

(1막 7장, 1~20행)

여기 드러난 맥베스의 성격은 질풍노도로 전장을 누비는 한 무장의 모습과는 어울리지 않을 정도로 상상의 나래를 펴고 상념의 세계로 치닫는 면을 보여준다. 시역행위를 저지르기 전 그의 뇌리를 스쳐가는 상념들은 현재의 상황을 뛰어넘어 그 행위에 합당한 인과응보와 시적 정의의 구현에까지 미칠 뿐 아니라, 과다한 욕망의 추구가 내포하는 위험을 낙마의 은유를 빌려 그린다.

그리고 연민의 정은, 갓 태어난 발가벗은 아기처럼,
분노의 바람을 타고, 아니면 보이지 않는 대기의 전령인
바람을 타고 달리는 하늘의 아기 천사들처럼,
그 끔찍한 짓을 만인의 눈에 불어넣어 주어,

분노의 광풍마저 삼켜 버릴 눈물을 쏟게 하겠지.
내 의도에 박차를 가하는 것은 오로지 왕좌에
뛰어오르고픈 야심뿐이야. 헌데 이 야심이
지나쳐, 저편에 나가떨어지는 건 아닌지 ―

(1막 7장, 21~28행)

〈맥베스〉만큼 범죄를 저지르는 등장인물들의 불안과 고통을 관객들도
절박하게 나누도록 만드는 작품은 다시없다. 덩컨을 살해하러 간 남편이
일을 마치고 돌아오기를 기다리는 맥베스 부인의 불안과 초조는 관객들에
게 고스란히 전달될 뿐 아니라, 시역을 저지르고 나서 피 묻은 자신의 손
을 내려다보며 맥베스가 들려주는 탄식은 그에게 닥칠 악몽 같은 삶이 어
떤 것일지 관객들도 절감토록 만든다.

이 손은 또 무슨 꼴이지? 하! 눈알을 뽑는구나!
대양의 굽이치는 파도가 내 손에서 이 핏자욱을
깨끗이 씻어 낼 수 있을 것인가? 아니야, 오히려
내 손의 피가 저 너울대는 파도를 물들이며 퍼져,
녹색을 온통 붉은색으로 바꾸어 버릴 것이야.

(2막 2장, 62~66행)

손에 묻은 피는 간단히 씻어 버릴 수 있다고 말하는 그의 아내와는 달
리, 자신의 손에 묻은 피가 대양마저도 붉게 물들이며 퍼져나갈 것이라는
상념에 젖는 맥베스는 남다른 감수성과 상상력을 소유한 자다. 이처럼 예
민한 감정의 소유자인 맥베스는 자신의 친족이자 주군인 덩컨을 살해하고
난 다음에는 악행의 수렁에서 헤어나지 못한다. 덩컨을 살해한 맥베스는
뜬눈으로 밤을 새우고 날이 밝자 소란의 와중에 덩컨의 침실에서 시중들
던 하인들을 죽여 버림으로써 눈 가리고 아옹 식으로 그들에게 죄를 뒤집

어찌운다. 덩컨의 신하들은 물론 범인이 누구인지 모를 리 없지만, 다가오는 위험을 절감한 맬컴과 도널베인이 도주해 버린 상황에서 맥베스가 왕위에 오르는 것을 막을 방도가 없다.

왕위에 오른 맥베스는 영주들을 향연에 초청하고, 잠시 출타하였다가 참석하겠다는 뱅쿠오를 자객들을 시켜 척살할 계획을 세우고는, 아내에게 연회에 참석할 뱅쿠오에게 각별히 신경을 써 달라는 당부를 한다. 연회에 오지도 못할 사람을 융숭하게 대접하라고 아내에게 당부하는 장면에서 우리는 공모자인 아내에게마저 거짓을 말해야 하는 맥베스의 완전한 고립을 본다.

맥베스가 자객으로부터 뱅쿠오를 살해하였다는 보고를 듣고 연회장에 착석하려 할 때 뱅쿠오의 혼령이 등장하는데, 그 혼령은 맥베스 눈에만 보일 뿐 다른 사람들에게는 보이지 않는다. 햄릿이 거트루드의 침실에서 폴로니어스를 죽인 뒤 그녀를 닦달하는 장면에서 갑자기 등장하는 선왕의 혼령은 햄릿의 눈에만 보이고, 또 그의 충언은 햄릿의 귀에만 들린다. 그래서 거트루드는 햄릿이 미쳤다고 단정한다. 그러나 〈햄릿〉 초두에 등장하는 선왕의 혼령을 망루에 오른 호레이쇼와 버나도, 그리고 마셀러스, 세 사람이 동시에 보았고, 햄릿에게 유령의 출현을 보고한다. 따라서 〈햄릿〉에서의 혼령은 실체가 있다. 그러나 맥베스의 눈에만 보이는 뱅쿠오의 혼령은 맥베스가 그의 마음의 눈으로 그려내는 환영일 뿐이라고 봄이 타당할 것이다. 맥베스가 예민한 감성과 상상력의 지배를 받는 성격의 소유자임이 이 장면에서 재확인된다.

덩컨 시해에 이어 동료 장군 뱅쿠오를 척살한 맥베스는 이제 앞으로의 삶을 운명의 흐름에 맡겨 버리겠다는 심정으로 마녀들을 찾아가 자신의 미래를 알아보려 하는데, 이 순간부터 맥베스는 삶의 항로를 스스로 결정하기를 포기한 상태로 접어든 것이다.

난 이제 핏속에 너무 깊이 들어와, 그만두고 싶어도,
되돌아가는 것이 다 건너는 것 못잖게 지루할 거요.

(3막 4장, 139~140행)

마녀들을 찾아간 맥베스는 그들로부터 한 가닥 희망을 안겨 주는 말을 듣는다. 여자의 몸에서 태어난 자는 결코 그를 해할 수 없을 것이며, 버넘 숲이 던시네인으로 움직여 오지 않는 한 그는 무사하리라는 것이다. 그의 파멸은 도저히 있을 수 없는 일들을 전제한다는 마녀들의 말에 맥베스는 위안을 얻는다. 그러나 그가 실낱 같은 희망에 매달리는 순간 왕관을 쓴 뱅쿠오의 후손들의 환영이 그의 눈앞을 스쳐간다. 희망과 절망이 교차하는 가운데 맥베스는 이제 악행의 극한으로 치닫게 되고, 영국에 피신한 맬컴을 설득하여 스코틀랜드의 정당한 왕통 회복을 도모하려 집을 떠난 맥더프의 가족을 참살한다.

〈맥베스〉는 국가의 버팀목이었던 한 출중한 무장이 주군을 시해하는 반역자, 비열한 방법으로 동료를 살해하는 비겁자, 무고한 인명을 거침없이 참살하는 냉혈한, 그리고 마녀들의 예언에나 매달리는 초라한 범부로 몰락해 가는 과정을 보여주는 작품이다. 작품 초두에 소개되는 한 걸출한 무장이 도덕적으로 추락하고, 자신도 모르는 사이에 점점 왜소한 인물로 위축되어 가는 양상은 관객들에게 주인공에 대한 혐오감보다는 오히려 연민의 정을 느끼게 만든다. 맥베스에게 주어진 운명이 어떤 것이었든, 그건 문제가 아니다. 주어진 운명을 받아들이기를 거부하고 자신의 신조와 도덕률을 지키며 삶을 영위하는 것이 한 인간이 밟아야 할 삶의 정도(正道)일진대, 마녀들의 예언 따위에 마음이 흔들리고 그들이 던지는 미끼에 현혹되어 한 인간으로서 위축되어 가는 모습은 가련하기 그지없다.

맬컴과 씨워드가 이끄는 정벌군과 스코틀랜드 각처에서 봉기한 반란군이 합세하여 던시네인으로 진격해 오는데 자신의 병사들은 적지로 투항하

는 사면초가의 상황에 놓인 맥베스는 정령들이 들려준 말에 한 가닥 희망
의 줄을 놓지 않고 매달린다.

> 보고는 더 가져오지 말아. 다 도망치라고 해.
> 버넘 숲이 던시네인으로 다가올 때까지는,
> 나는 두려울 게 없어. 애송이 맬컴이 무어야?
> 그자는 여자가 낳지 않았단 말야? 인간사를
> 꿰뚫고 있는 정령들이 내게 이렇게 천명했어.
> '두려워 말게, 맥베스. 여자가 낳은 자는 결코
> 자네를 제압 못해.' 하니, 지조 없는 영주들아,
> 도망쳐서 쾌락이나 좇는 영국놈들하고 섞여.
> 내 행동을 지배하는 판단과 내가 지닌 담력은
> 의혹으로 처지거나 두려움으로 흔들리지 않아.

(5막 3장, 1~10행)

　　그러나 파국의 순간이 시시각각 다가오는 가운데, 주어진 운명을 담담
하게 받아들이는 맥베스의 모습은 우리에게 연민의 정과 아울러 인간적
인 공감마저 불러일으킨다. 한 왕위찬탈자가 드디어 갖게 된 깨달음—
자신의 욕망과 삶의 허망함—의 비감 어린 토로는 듣는 이의 마음을 숙
연케 한다.

> 나는 이만하면 오래 살았고, 내 인생살이도 이제
> 시들어 가고 있으니, 누런 이파리에 비견할 만해.
> 노년에 즐겨야 할 영예, 사랑, 순종, 많은 벗들—
> 이런 것들을 나는 기대할 수가 없어.

(5막 3장, 23~26행)

그리고 곧이어 아내의 부음을 접하고 맥베스가 들려주는 독백은 고통과 악몽의 나날을 보내온 그가 마침내 갖게 된 인생살이와 욕망의 허망함에 대한 깨달음에서 흘러나오는 말이다.

언젠가는 죽게 마련인 목숨이었어. '죽음'이란
말이 들릴 때가 언젠가는 오게 되어 있는 것을.
내일, 그리고 내일, 그리고 또 내일 — 이렇게
하루하루 작은 걸음으로 야금야금 기어가선,
약속된 시간의 종지부에 이르고야 말지. 해서
지나간 어제라는 날들은, 티끌 같은 죽음으로
멍청이들을 이끌어 가지. 꺼져라, 덧없는 촛불!
일생은 걸어가는 그림자, 별 볼일 없는 배우라!
무대 위에 나와서 정해진 시간만 껍죽대다가,
그다음엔 더 들리지 않게 돼. 천치가 들려주는
이야기와 같아서, 온통 왁자지껄 시끌덤벙한
소리와 아우성일 뿐, 아무 의미도 없는 게야.

(5막 5장, 17~28행)

시역을 함께 저지르고 그동안 어둠 속의 삶을 나누어 온 아내가 몽유병으로 시달리다가 숨을 거둔 지금, 맥베스는 절체절명의 외로움을 홀로 견뎌야 한다. 버넘 숲이 던시네인으로 움직여 오지 않는 한, 맥베스가 두려워할 건 아무것도 없다는 정령들의 말에 한 가닥 희망을 거는 그에게, 실제로 버넘 숲이 다가오고 있다는 보고가 들어온다. 맥베스가 불가능한 일로 여겨 온 두 가지 조건들 중 하나가 현실로 나타난 것이다. 그러나 맥베스는 절망하지 않고 결전에 임하기로 마음먹는다.

거짓을 진실처럼 들리게 만드는 악마의
아리송한 말이 의심스러워지기 시작하는구나.
'버넘 숲이 던시네인으로 올 때까지 두려워 말라.'
헌데, 지금 숲이 던시네인으로 오는구나.
에라, 무장하자! 출정이다!
이자가 한 말이 사실로 드러난다면,
도망칠 수도, 머무적거릴 수도 없지.
이제는 태양조차 지겹게 느껴지기 시작하누나!
그리고 이 우주가 완전히 와해돼 버렸으면 좋으련.
출동 준비종을 울려라! 바람아, 불어라! 파멸아, 와라!
적어도 갑주는 등에 걸치고 죽으런다.

(5막 5장, 42~52행)

중과부적의 상황에서도 전의를 잃지 않고 싸움에 임하는 맥베스 앞에 맥더프가 나타나 자신의 출생이 자연분만에 의한 것이 아니었음을 말해 주자, 맥베스는 자신이 여태껏 속 빈 강정 같은 마녀들의 예언에 희망을 걸어 왔다는 사실을 깨닫고 잠시 실의를 맛보지만, 그답게 다음과 같이 말하며 무장다운 최후를 맞는다.

항복하지 않겠다. 애송이 맬컴의 발 앞에 엎드려
땅에 입 맞추고, 어중이떠중이의 저주를 받으며
놀림감이 될 수야 있겠느냐? 설령 버넘 숲이
던시네인을 향해 움직여 오고, 여자가 분만해서
태어나지 않았다는 네가 적수라 할지라도,
난 마지막 승부를 겨루어 보런다. 내 발 앞에
전력 오랜 내 방패를 내던진다. 덤벼라, 맥더프.
'그만, 됐다!'고 먼저 외치는 놈에게 저주 있으라.

(5막 8장, 27~34행)

맥베스는 악덕의 극한으로 치닫는 인간이다. 겉으로는 주군에게 충성을 다하는 무장으로 처신하면서, 역심을 품고 시역을 저지르고, 임금 침소의 무고한 시종들에게 죄를 씌워 그들을 살해할 뿐 아니라, 왕위에 오르고 나서는 지난날의 전우인 뱅쿠오를 척살하고, 무방비 상태에 있는 맥더프의 가솔을 도륙하는 비열한이다. 마녀들이 그를 코더의 영주라 불렀고 그 호칭이 사실이었음이 밝혀졌을 때, 그들의 예언대로 자신이 종국에는 왕위에 오를지 모른다는 기대를 품는 것은 있을 수 있는 일이다. 그러나 운명의 여신의 수레바퀴를 자신이 스스로 돌리려 한 데에서 맥베스의 비극은 출발한다. 마녀들의 예언이 왕위찬탈의 욕망을 그의 마음에 불어넣어 주었다기보다는, 역으로 그의 마음속에 이미 자라고 있던 야욕을 운명의 여신이 알고 마녀들의 입을 통해 노정한 것이었는지 모른다.

이렇게 생각하면, 〈맥베스〉를 꼭 '운명비극'으로 단정 짓기는 어렵다. 맥베스의 비극은 부당한 욕망을 마음에 품고 그것을 부당한 방법으로 달성하려 하였고, 양심이 욕망을 제어하지 못했다는 데에서 출발한다. 맥베스가 시역행위를 저지르고 머리에 얹은 왕관은 그에게 고통과 악몽만을 가져다 준 형극(荊棘)의 면류관이다. 근친인 주군을 살해하고 그가 머리에 쓴 왕관은 아벨을 죽인 카인처럼 그를 지옥의 고통과 악몽에서 헤매게 만들 뿐이다. 이 작품 전체를 덮고 있는 심상은 피와 어둠이다. 그리고 맥베스가 덩컨 시해를 마음먹은 순간부터 그가 마지막 결전에서 목숨을 잃는 순간까지 그의 삶은 '악몽'이라는 단어 하나로 집약될 수 있다. 그가 원하던 왕좌에 오르기는 했지만, 지옥 같은 삶이 그를 기다리고 있었고, 그의 가정이 파괴됨은 물론, 그가 부당하게 얻은 왕홀은 스코틀랜드 전체를 피로 물들게 만든다. 그러나 마침내 맬컴이 왕위에 오름으로써 질서가 회복되고 시적 정의가 실현된다.

맥베스가 악인임에는 틀림이 없다. 그럼에도 관객들은 그에 대해 혐오감보다는 연민을 수반한 감정이입(empathy)과 아울러 자아투사(self-

projection)를 체험한다. 왜일까? 그것은 양심과 도덕률에 대한 자각에도 불구하고, 양심의 소리를 들으면서도 욕망 때문에 행동으로 치닫는 인간의 속성을 우리는 그에게서 보기 때문이다. 실상 맥베스의 비극을 초래하는 근본적 원인을 그가 왕위를 탐했다는 사실에서만 찾는 것은 부당하다. 맥베스와 덩컨의 증조부인 케네스가 정한 왕위계승의 원칙을 따르면, 맥베스는 덩컨 못지않게 왕위에 오를 자격이 있었다. 덩컨은 맬컴의 큰딸 소생이었기 때문에 왕위에 올랐던 것이다. 한 왕국의 안위를 위해서는 가장 강력한 자에게 왕권이 대물림되어야 한다. 코더 영주 맥도닐드의 반란을 진압한 맥베스는 일등공신일 뿐만 아니라, 덩컨 못지않게 왕위계승권이 있었던 사람이다. 그리고 코더 영주의 반란이 일어났다는 사실은 덩컨의 통치력에 문제가 있었음을 시사한다. 따라서 스코틀랜드의 평온을 위해서 덩컨은 사촌인 맥베스를 차기 왕위계승권자로 지명했어야 했다. (맥베스 부인이 아기에게 젖을 물려 본 경험에 대해 언급하지만, 맥베스 내외에게 자손이 없음은 작품 속에 명백히 드러나고 있다.) 그랬다면, 덩컨의 맏아들 맬컴이 맥베스 뒤를 이어 왕위에 오르게 되었을 것이고, 맥베스에 의해 자행되는 시역행위는 일어나지 않았을지 모른다.[3]

그동안 자신의 삶이 운명의 노리개에 불과하였었다는 깨달음에 도달한 맥베스는 지난날 겪었던 숱한 전투에서 자신의 육신을 지켜 주었던 방패를 던져 버리고 운명처럼 다가오는 맥더프와 맞닥뜨린다.

> 난 마지막 승부를 겨루어 보련다. 내 발 앞에
> 전력 오랜 내 방패를 내던진다. 덤벼라, 맥더프.
> '그만, 됐다!'고 먼저 외치는 놈에게 저주 있으라. (위의 인용문에서)

---

3 우리 역사에서도 이와 유사한 예를 본다. 조선조 5대 임금 문종이 나어린 아들에게 왕위를 물려주지 않고 아우 수양이 왕위를 계승토록 했다면, 단종의 비극은 일어나지 않았을지 모른다.

사악한 삶을 살아왔지만 지난날의 악행에 대한 응보로 다가오는 운명의 심판을 의연하게 맞으며 맥더프와 다시 일합을 겨루는 맥베스의 모습은 악행으로 점철된 그의 삶을 정화하고도 남을 만큼 장엄하다. 비록 맥베스가 정신적 깨어남을 이룩하지 못한 상태에서 최후를 맞기는 하지만, 자신의 삶을 지배해 온 군인정신에 누(累)가 되지 않는 그의 웅장한 죽음은 그의 도덕적 추락을 상쇄하고도 남음이 있다.

이 성 일 李誠一

1943년 서울에서 출생, 1967년 연세대를 졸업하고, 공군사관학교의 영어교 관으로 근무하였다. University of California at Davis와 Texas Tech University에서 영문학 석사(1973)와 박사(1980) 학위를 취득했다. 1981년 3월에 연세대 조교수로 임용되어 2009년 2월에 정년퇴임, 현재 연세대 명예 교수로 있다. 1987년 1월부터 University of Toronto에서, 그리고 1994년 9월부터 University of Washington에서 각기 1년간 방문교수로서 한국문학을 강의했고, 2002년 8월부터 1년간 Troy University에서 Fulbright Scholar-in-Residence로 영문학을 강의했다. *The Wind and the Waves: Four Modern Korean Poets*(1989), *The Moonlit Pond: Korean Classical Poems in Chinese* (1998), *The Brush and the Sword: Kasa, Korean Classical Poems in Prose* (2009), *Blue Stallion: Poems of Yu Chi-whan*(2011), *The Crane in the Clouds: Shijo, Korean Classical Poems in the Vernacular*(2013), *The Vertex: Poems of Yi Yook-sa*(2014) 등의 한국시 영역집을 출간했고, 셰익스피어의 〈리처드 2세〉(2011), 〈줄리어스 씨저〉(2011), 〈리처드 3세〉(2012), 〈오셀로〉(2013), 존 웹스터의 〈아말피의 여공〉(2012), 크리스토퍼 말로의 〈포스터스 박사의 비극〉(2015) 등의 극작품들을 번역 출간했으며, 고대영시 현대 영어 번역 및 주석본 *Beowulf and Four Related Old English Poems*(2010)를 미국에서 출판했다. 한국문화예술진흥원이 주관하는 '대한민국문학상'(1990) 과 '한국문학번역상'(1999)을 받았다.